살아온 날들이 당신 편이에요

말하지 못한 마음 사이에서

잘 지내고 계신가요. 우리는 저마다의 자리에서 크고 작은 고민을 품고 살아갑니다. 삶에 부딪히며 어쩔 수 없이 마주하게 된 시련이었는지도, 나에게 꼭 필요한 질문이었는지도 모르겠습니다. 그 시절의 나는 그 무게를 견디기엔 조금 여렸던 것 같습니다. 버거운 마음이 하루를 통째로 뒤덮고, 어느 순간 나를 지워 버리곤 했으니까요. 해맑게 웃던 사람에게도 말하지 못한 아픔 하나쯤은 있을 겁니다.

그래서일까요. "잘 지내요."라는 짧은 안부가 문득 가슴을 울릴 때가 있습니다. 그 한마디는 어쩌면 지금도 묵묵히 살아 내고 있다는 담담한 인사일지도 모릅니다. 소리 없는 울음을 눌러 담고 다시 일어서려는 누군가의 다짐 같기도 합니다. 서로 다른 공간, 다른 풍경 속에 있어도 잘 살아 내고 싶다는 마음만은 우리 모두의 바람이 아닐까요.

오늘은 다만 진심을 놓치지 않았으면 합니다. 내일은 조금 더 평온했으면 좋겠습니다. 작은 희망 하나쯤은 마음 한편에 머물러 있기를 소망합니다.

당신은 언제나 최선을 다해 왔습니다. 그렇게 자라고 있고, 지금도 잘하고 있습니다. 잠시 걸음을 멈추는 순간이 있더라도 괜찮아요. 당신의 하루 안에 작은 행복이 자주 스며들기를. 숨결처럼, 꽃잎처럼 살며시 닿기를. 당신의 삶 속에서 스스로를 자랑스럽게 여길 수 있기를 바랍니다. 윤슬이 흔들리는 물결 위에서도 빛을 잃지 않는 것처럼, 삶이 흔들려도 당신은 분명 반짝이고 있으니까요.

가슴 깊이 두 손 모아 그 소망을 전합니다. 순간들이 모여 하나의 장면이 되듯 내 작은 마음도 당신의 기억 한편에 고요히 머물렀으면 합니다. 아주 작고 나지막한 목소리로 이 마음을 띄워 봅니다.

차 례

1부

나도 나를
안아 주고 싶어서

아주 작은 빛이
되어서라도

잠이 오지 않는 밤이었다. 큰일이 있었던 것도 아니었고, 몸이 유난히 피곤한 것도 아니었다. 단지 마음이 복잡해 가만히 눈을 감을 수가 없었다. 별일 없는 하루였지만 왠지 마음은 잔잔하지 않았다.

생각이 많아질 때면 생각은 꼬리를 물고 자꾸만 과거로 돌아간다. 예전의 나는 누구보다 인정받고 싶어 했고, 누군가의 기억 속에 괜찮은 사람으로 남고 싶어 참 애를 썼던 것 같다. 좋은 사람이라는 말을 듣기 위해 많이도 맞췄고, 빛나 보이기 위해 억지로 웃으며 참고 버텼다.

돌이켜 보면 그런 삶이 꼭 나쁘지만은 않았다. 그 시간들이 있었기에 지금의 내가 있기도 하니까. 다만 스스로에게 지나치게 엄격했던 날들이 조금은 아쉽다. 그렇게까지 나를 외롭게 만들지 않아도 되었을 텐데.

사람들의 말에 마음이 자주 요동치던 때가 있었다. 괜히 내가 틀린 건 아닐지, 잘못된 길을 가고 있는 건 아닐지 스스로를 의심하던 날도 많았다. 그럴 때마다 나는 점점 작아졌고, 깊숙한 곳으로 힘없이 숨어들었다. 빛나려던 마음이 꺾이는 일은 순식간이었다. 그 뒤로는 모든 것이 조심스러워졌다.

그런데도 어떤 사람들은 흔들리지 않았다. 자신만의 리듬으로 살아가며 주변의 소음에도 중심을 잃지 않고 자기 방식대로 존재하고 있었다. 나는 그런 사람들을 멀찍이서 바라보았다. 감탄과 부러움이 뒤섞인 채 한편으로는 닮고 싶다는 생각도 들었다.

그 단단함은 하루아침에 만들어진 것이 아니었다. 그렇게 빛나 보이던 사람들 역시 겉으로 드러나지 않는 상처가 있고, 그 고요한 힘은 내가 보지 못한 순간들 속에서 오래도록 다져진 결과였다.

조금만 더 참아 보자, 조금만 더 견뎌 보자며 스스로를

달래 온 날들이, 힘들다는 말조차 꺼내지 못했던 시간들이
사실은 나를 지켜 온 힘이었다는 것을 이제는 안다.

누군가에겐
전부였을 이야기

어린아이가 사탕 하나를 빼앗기고 세상이 끝난 듯 울음을 터뜨릴 때가 있다. 어른의 눈에는 사소해 보이는 일이지만, 아이에게는 그 조그만 사탕이 세상의 전부였던 것이다. 그처럼 어떤 이에게는 별일 아닐 일이, 나에게는 모든 걸 잃는 것만 같은 순간이 되기도 한다.

사람들은 말한다. 그 정도 일로 왜 그렇게까지 아파하느냐고. 하지만 세상에는 모양도 무게도 다른 마음들이 각자의 이유로 상실을 품은 채 살아간다.

누군가에게는 스쳐 지나가는 인연일지라도, 나에게는 오래 품어 온 마음의 중심이었을 수 있다. 누군가에게는 금세 잊힐 하루가 어떤 이에게는 생의 가장 깊은 날로 남기도

한다. 모든 상처는 다르고, 모든 이별은 같은 결로 아프지
않다.

　그러니 말없이 눈물짓는 사람 앞에서는 함부로 가늠하
지 않았으면 한다. 섣불리 위로하려 들지도 않았으면 한다.
그 슬픔은 당신의 기준에서는 작을지 몰라도, 그 사람에게
만큼은 마음과 세상을 무너뜨리는 것일지도 모른다.

낯선 나를
지나며

나는 가끔 내가 누구인지 모르겠다는 생각에 잠긴다. 어쩌면 처음부터 제대로 알아보려 한 적이 없었는지도 모른다. 하루는 내 안의 내가 이 몸에 온전히 속해 있는 것처럼 느껴지다가도, 하루는 간신히 끼워 맞춘 조각처럼 어딘가 어긋난 자리가 보인다. 거울을 마주하면 가장 익숙해야 할 얼굴이 낯설게만 느껴진다. 그런데 이상하게도, 이보다 더 익숙할 수 없다는 사실이 더 낯설게 다가온다. 익숙함과 낯섦이 동시에 머무는 기묘한 자리. 나는 여전히 그 틈에서 흔들린다.

미래가 두려운 이유는 그것이 아직 오지 않아서일까, 아니면 언젠가는 반드시 오고야 말 것을 알고 있어서일까. 그

불확실함은 설렘이 되기도 하고 불안이 되기도 한다. 같은 밤, 같은 창가 앞에서도 마음은 날마다 다른 얼굴을 한다.

질문들은 늘어만 간다. 오래된 벽지 위에 또 다른 벽지를 덧붙인 것처럼 이미 여러 겹 쌓인 고민 위로 새로운 물음이 얹힌다. 정답 없는 물음표들은 벽에 남아 점점 희미해졌다가 벗겨질 듯하면 다른 의문으로 덮인다. 그래서 시작은 언제나 낯설고 어렵다.

무엇이 그렇게 두려우냐고 묻는다면 나는 아마 이렇게 답할 것이다. 가진 것이 많지 않은데 그마저 잃을까 봐 조심스럽다고. 하지만 그보다 더 깊은 진실은 따로 있다. 나는 내일을 믿으며 나아간다기보다 끝을 향해 내디딜 용기가 없어 이 자리에 머물러 있다. 이대로 멈추기에는 아쉽고 두려워서 겨우겨우 버티고 있을 뿐이다.

어떤 기쁨도 길게 머물러 주지 않는다. 설렘은 곧 익숙해지고, 익숙함은 이내 무심해진다. 지금 손에 쥔 것들은 언제부터였는지도 모르게 무뎌지고, 아무리 꽉 움켜쥐어도 만족감은 손가락 사이로 흘러내린다. 삶은 모래와 같아서 붙잡으려 할수록 더 쉽게 흩어져 버린다.

이유 모를 공허함이 밀려올 때면 나는 자꾸 지금이 아닌 어딘가를 떠올린다. 이곳이 아닌 저곳이었다면, 오늘이 아닌 언젠가였다면 나의 삶은 달라졌을까. 바랄 수는 있지만 대답은 항상 흐릿하다. 아쉬움은 현재를 갉아먹고 아직 닿지 않은 것들만을 그리게 만든다. 이미 품고 있는 것들을 직시하기도 전에 부족한 것부터 떠올리는 내 오래된 버릇처럼.

나는 그저 평범하게 살고 싶었다. 그 바람마저 과한 욕심이었을까. 우리는 종종 타인의 화려한 순간을 내 일상의 뒷모습과 나란히 놓고 비교한다. 누군가의 눈부신 장면 앞에서 나의 고요한 시간은 서서히 희미해진다. 함께 걷고 있다고 믿었지만 돌아보면 늘 몇 발짝 뒤에 서 있었다. 내가 더디게 가는 것인지, 애초에 같은 길 위에 있는 것인지조차 확신할 수 없는 나날이다.

그럼에도 나는 이 삶의 틈을 다시 지나 본다. 반복되는 시간 속에서 제대로 걷고 있는지는 분명하지 않지만 어딘가에 내 자리를 남겨 두듯 나에게도 낯선 마음을 안고서 하루를 밟아 본다. 그 끝에 무엇이 기다리고 있을지는 선뜻 가늠하기 어렵다. 다만 사라지지 않는 무언가가 나를 이끌고 있다는 감각 하나만으로 오늘을 버텨 낸다.

행복이 멀리 있지 않다는 걸
깨닫는 순간

1. 친구들이 익숙한 농담을 건넬 때

2. 좋아하는 재료로만 한 끼를 차릴 때

3. 기다리던 택배 상자를 열어 볼 때

4. 약속이 취소됐는데 묘하게 아쉽지 않을 때

5. 신호등이 딱 맞게 바뀔 때

6. 마침 듣고 싶던 노래가 흘러나올 때

7. 오래된 앨범을 문득 펼쳐 볼 때

8. 우연히 반가운 얼굴을 마주할 때

9. 계절이 바뀌는 냄새를 맡을 때

10. 누군가 나의 취향을 기억해 줄 때

아픔의 총량

시간이 모든 것을 해결해 줄 거라는 말은 때로 지나치게 안일하게 들린다. 지난날을 돌아보면 시간은 아픔을 무디게 만들 뿐이었으니까. 결국 상처를 지나 어디까지 걸어갈 수 있을지는 내 의지에 달려 있다.

그래서 아픔에도 총량이 있다면 나는 그 무게를 끝까지 마주하고 제 몫만큼 울어 내고 싶다. 억지로 삼키지 않아도 되는 밤, 괜찮은 척하지 않아도 되는 순간, 한없이 부서져도 괜찮은 날은 누구에게나 필요하다.

참는다고 멀어지지 않고, 외면한다고 지워지지 않는 것이 마음의 상처다. 그러니 아파할 수 있을 때 아파하자. 그 아픔을 밀어내지 말고 내 안에 천천히 흘려보내자.

슬픔에도 끝이 있고, 눈물에도 끝이 있다. 단지 그 자리에 선 우리가 이전보다 더 단단해지고, 더 다정해지며, 더 깊이 살아 있기를 바란다. 아픔의 끝에서 다시 나로 돌아오는 날이 올 것을 믿는다.

힘들다는 말에는

그 말을 꺼내기까지 참아 온 시간과

수많은 노력이 있다.

잘 살고 싶은 간절함이 있다.

이름 없는
하루의 가치

사람들은 대체로 '기억할 만한 일'에 가치를 둔다. 졸업식, 첫 출근, 중요한 발표, 누군가와의 시작 같은 순간들. 언젠가 돌아봤을 때 이름 붙여 말할 수 있는 날들이다. 하지만 진짜 삶은 그런 날들보다 이름 없이 흘러가는 날들 속에 더 많이 담겨 있다.

비 오는 아침, 창밖을 바라보다 우산을 챙겼다는 사실에 마음이 놓이던 찰나. 퇴근길에 무심코 올려다본 하늘 위로 둥글게 떠 있던 달빛. 가게 앞에 놓인 꽃다발에 이끌려 멈춰 선 발걸음. 문득 스친 손길에 오랜만에 크게 웃었던 얼굴.

이런 순간들은 아무도 기억해 주지 않지만 나를 조금씩

바꾸어 왔다. 소란스러운 하루의 사이에서 나를 다독였고, 굳어 있던 마음에 따뜻한 숨을 불어넣었다.

한때 나는 크고 분명한 것을 좇았다. '이루는 삶'이 중요하다고 믿었고 그만큼 늘 초조했다. 그러나 멀리 있다고 여겼던 꿈보다 가까운 자리에서 깃드는 이 사소한 순간들이 나를 더 나답게 만든다는 사실을 알게 되었다.

그래서 눈앞에 놓인 것들을 애써 놓치지 않으려 한다. 익숙한 길에서도 새롭게 스치는 것들에 귀를 기울인다. 오늘 하루에도 기억될 이름은 없을지언정 살아 있는 감정들은 숱하게 오가고 있을 테니까.

돌이켜 보면 나를 바꾸어 온 것은 커다란 결심이 아니라 무심히 지나간 하루들이었다. 삶은 먼 계획보다 지금 내 안에서 움트는 마음을 따라 방향을 틀어 간다.

이제는 조금 알 것도 같다. 그렇게 또 하루를 살아가며 소란한 마음을 잠시나마 접고 작게 피어난 기쁨에 눈을 맞춘다. 삶이 꼭 빛나지 않더라도 충분히 반짝일 수 있음을 믿으며.

나도 나를
안아 주고 싶어서

잘 살고 싶었는데, 정말 간절한데, 잠잠해졌다고 생각했는데 또다시 나를 아프게 하는 일들이 생기곤 했다. 어쩌면 그때부터였을지도 모르겠다. 불안한 감정 속에 갇혀 문을 열 용기가 나지 않았던 게. 괜히 마음이 더 무거워질까 봐, 주저앉았던 마음이 다시 일어나지 못할까 봐 두려웠다.

이 감정을 누구 탓으로 돌릴 수도 없어, 혼자 생각하고 혼자 되뇌며 얼마나 많은 날을 보내야 했는지. 그런 내가 못내 밉다가도 마음 한쪽이 저릿해지는 걸 보면 나도 나를 안아 주고 싶었던 거겠지. 따뜻한 품이 그리웠던 거겠지.

말보다 오래 남는
울림

나는 말수가 적은 편이다. 큰일을 겪은 건 아니지만 어릴 적부터 말은 웬만하면 속으로 삼키는 쪽을 택해 왔다. 누군가 내게 말을 걸면 반가우면서도 한참 동안 그 무게를 재며 망설였다. 혹여 너무 무겁지는 않을지, 아니면 너무 가볍게 들리지는 않을지 염려하면서. 그러다 보니 말수가 적다는 이유만으로 오해를 사는 일도 있었다.

"너는 왜 그렇게 말이 없니?" 같은 질문을 들을 때면 나는 웃으며 "들을 말이 많아서요." 하고 답했다. 그 말이 진심이었는지는 지금도 잘 모르겠다. 다만 말하지 않아도 전해지는 무언가가 있다고 믿고 있었다. 사람과 사람 사이에 침묵이 흐를 때 그 침묵을 함께 견뎌 주는 사람이 있다는 것. 말보다 더 오래 남는 건 그런 순간들이 아닐까.

나는 작은 소리에 귀를 기울이는 사람이 되고 싶었다. 전철 안에서 울리는 어린아이의 웃음소리, 문틈을 스쳐 가는 바람 소리, 커피잔을 내려놓을 때의 짧은 '탁' 소리 같은 것들. 세상은 늘 무언가를 외치라고 하지만 나는 작게 들리는 것들을 사랑했다. 크게 말하지 않아도 괜찮다고, 그렇게 살아도 된다고 나지막이 말해 주는 것만 같았다.

요즘은 말이 적은 사람들도 나름의 방식으로 마음을 나누고 있다는 걸 깨닫는다. 어깨를 다독이는 손길, 다 듣고 나서야 건네는 짧은 위로, 끝까지 들어 주는 태도. 그런 것들은 분주했던 하루 끝에 남는 온기 어린 배려다.

사람은 말로 연결되기도 하지만 마음으로 이어지기도 한다. 누군가 당신의 침묵을 오해하더라도 너무 서두르지 않기를. 겉으로 보이지 않는 마음속에도 꽃은 피니까. 바람은 늘 조용한 쪽으로 먼저 불어오니까.

웃음 뒤에
감춰 둔 이야기

마음의 문을 잘 열지 않던 아이는 사실 누구보다 정이 많은 사람이었다. 혼자가 편하다던 아이는 사실 누구보다 사람을 좋아하는 사람이었다. 내색하지 않고 아무렇지 않게 걸어가던 아이는 환하게 웃을 줄 아는 사람이었다. 그 웃음 뒤에는 상처를 숨기고도 사람을 믿고 싶어 하는 마음이 있었다.

넘어져도 다시 일어서고, 울고 나서도 괜찮은 척하던 시간이 있었다. 그 시간들이 모여 지금의 웃음을 만들었고, 견디며 지나온 날들의 흔적이 되었다. 아프지 않았던 게 아니라 그저 참는 법에 조금 더 익숙해졌을 뿐이다.

괜찮다는 말 뒤에

숨겨진 마음들이

얼마나 무거웠을지.

견뎌 낸 시간 속의

네가 대견해.

어른이
된다는 건

물끄러미 어린 시절을 떠올려 본다. 갓 태어나 걷는 법을 익혔고, 걷게 되자 곧 뛰기 시작했다. 세상에 나와 처음 내뱉은 건 울음이었고, 그 울음을 삼키는 법을 알아 가기까지도 그리 오랜 시간이 걸리지는 않았다. 그 시절의 나는 무언가를 배우는 데 서툴지 않았다. 넘어지면 다시 일어나는 것이 당연했다. 넘어지는 것에 대한 두려움보다 앞으로 나아가려는 마음이 늘 먼저였다.

그런데 지금의 나는 어느새 실패를 두려워하고, 말을 삼키고, 용기를 미룬다. 하고 싶은 말이 있어도 생각만 맴돌다가 끝내 꺼내지 못하고 마음속으로만 웅얼거린다.

어릴 적 나는 울고 싶을 때면 울었고, 웃고 싶을 때면 웃었다. 하지만 어느 순간부터 눈물을 거두고 감정을 접어 두게 되었다. 타인의 시선을 의식하게 되면서 점점 솔직해지지 못했다. 말들이 목 끝까지 차올라도 입 밖으로 꺼내지 않고 속으로만 삭였다. 생각이 많아질수록 행동은 더뎌지고 발걸음은 더 조심스러워졌다.

가끔은 생각한다. 그때처럼 다시 용기를 내 보고 싶다고. 다치지 않으려 애쓰기보다 다쳐도 괜찮을 만큼 나를 믿고 싶다고. 결국 지금의 나에게 필요한 건 '다치지 않을 방법'이 아니라 '흔들려도 다시 서려는 마음'이다.

어쩌면 나는 여전히 어른 아이처럼 미숙하다. 그럼에도 키가 자란 만큼 마음도 함께 자라 왔다는 사실만은 잊지 않으려 한다.

정말 어른이 된다는 건 눈물을 참는 일이 아니다. 오히려 울 수 있는 용기를 갖는 것, 넘어질 줄 알면서도 걸어 보려는 마음, 누군가를 끝까지 믿어 주는 태도다.

그러니 그때처럼 조금은 서툴고 다쳐도 괜찮으니 내 안의 용기를 품어 보자. 이번에는 어린 마음이 아닌 어른의 다정함으로.

그 시절의
담장 너머

어릴 적 할머니 댁 앞 담장은 유난히 높아 보였다. 넘을
수 없을 만큼 아득하게 느껴졌고, 그 너머에는 마치 다른
계절이 머물고 있는 듯했다. 어쩌면 세상이란, 벽 하나를
사이에 두고 얼굴을 바꾸는 것인지도 모른다.

그 담장은 단순한 경계가 아니라 어린 마음과 바깥세상
을 가르는 얇은 선처럼 다가왔다. 그 앞에 서면 나는 늘 그
너머를 궁금해하곤 했다.

바람이 바뀌는 이유가 궁금했고, 봄이 오면 어김없이 꽃
이 피는 게 신기했다. 괜히 마음이 들떠 하늘을 보며 웃던
날도 있었고, 어른 흉내를 내며 혼잣말로 "괜찮아."라고 중
얼거리던 순간도 있었다.

그때는 몰랐다. "괜찮아."라는 말이 늘 괜찮다는 뜻은 아닐 수 있다는 것을. 웃고 있어도 마음은 울 수 있고, 아무리 단단한 기억이라도 시간 앞에서는 조금씩 빛바랜다는 것을.

언젠가 다시 그 담장 앞에 섰을 때 그토록 높아 보이던 담장은 생각보다 낮았다. 그저 내가 자라 있었을 뿐이었다. 사람은 자라면서 많은 것들을 놓치고, 또 많은 것들을 견디며 어른이 된다.

그 과정에서 이유 없이 웃던 나를 잃고, 작은 일에도 설레던 감각을 서서히 잊어 간다. 그래서 가끔은 돌아가고 싶어진다. 별일 없이도 가슴이 먼저 뛰고, 울음이 복받쳐 오르면 애써 참지 않아도 되었던 때로.

그 시절의 나에게 말없이 어깨를 내어 주고 싶다. "괜찮지 않아도 괜찮아." 그 말 하나로 충분하던 날들이 있었다. 보고 싶다는 감정을 숨기지 않아도 되었고, 다정한 기억들은 사진처럼 마음 한편에 차곡차곡 포개졌다.

지금 나는 그 사진들을 꺼내어 곁에 두고 바라본다. 담장 건너편을 그리워하던, 작고도 단단했던 나를.

나를 지켜 낸 하루가
말해 줄 거예요

누군가 내 노력을 깎아내린다면 그것은 아직 이루지 못한 이가 이루어 낸 이를 향해 건네는 말이라고 되뇐다. 나를 질투하고 시기하는 사람들이 생긴다는 것은 그만큼 내가 내 자리에서 잘 나아가고 있다는 뜻이기도 하다.

스스로에게 보여 주면 된다. 당신이 나에 대해 어떤 말을 하더라도, 나는 흔들리지 않고 나를 놓지 않을 힘이 있다고 말이다.

한결같이 노력하며 제 자리에서 성실하게 살아 낸 하루는 내가 나를 지켜 왔다는 가장 분명한 증거다.

오늘의 나에게
해 주고 싶은 말

1. "조금 느려도 괜찮아."

2. "그동안 잘 해내 왔고, 지금도 잘하고 있어. 정말 대견해."

3. "실패 같았던 시간도 언젠가는 나를 지켜 줄 거야."

4. "남들과 다른 길을 걷는다고 해서 그 길이 틀린 건 아니야."

5. "오늘 하루를 버텨 낸 것만으로도 이미 충분히 의미 있어."

6. "모든 걸 한 번에 잘해 내려 하지 않아도 괜찮아."

7. "쉬어 가는 시간도 삶의 일부야."

8. "이 고민도 훗날 나를 더 단단하게 만들어 줄 거야."

9. "남들보다 조금 늦어 보이더라도 나만의 속도로 가면 돼."

10. "오늘의 나도 사랑받을 자격이 있어."

아름다움은
그렇게 쌓인다

아름답게 살아가고 싶다. 말이나 표정을 억지로 꾸며 내기보다 본디의 결을 따라 흐르듯 자연스럽게. 겉을 구태여 다듬을수록 다짐은 오히려 겉돌기 쉽다. 마음에 닿지 않는 말은 입안에서만 맴돌다 사라지고, 작위적인 태도는 오래 가지 못한다. 결국 나를 단단하게 하는 건 스스로에게 솔직한 마음이다.

누군가의 시선이 아니라 내면의 기준에서 부끄럽지 않을 때 삶은 더 가벼워진다. 비교를 멈추고 오롯이 나에게 집중하며 타인의 삶을 흘겨보지 않고 내 삶을 고요히 들여다보는 일. 그것이 내가 생각하는 '아름다움'이다.

사람들은 아름다움이 타고나는 것이라 말하지만 나는

살아가는 방식에서 비롯된다고 믿는다. 흔들려도 중심을 놓지 않는 마음, 나에게 솔직할 줄 아는 용기, 서두르지 않는 걸음, 그리고 낯선 풍경 앞에서도 잃지 않는 다정한 시선. 그런 것들이 겹겹이 더해지며 삶의 결이 되고, 그 결이 모여 사람의 깊이가 된다.

아름다움은 단숨에 완성되는 것이 아니다. 오늘을 어떤 마음으로 살아 냈는지, 그 질문 앞에서 남는 기록이다. 그러니 잘 보여야 할 대상은 '타인'이 아니라 '어제의 나'여야 한다. 나의 속도로, 나만의 빛으로. 이따금 호흡을 가지런히 고르며 단정히 걸어가면 된다.

혼자이고 싶지만
혼자이고 싶지 않은

밤이 깊어지고 창밖으로 바람 소리가 스며든다. 오늘 하루도 나는 나와 긴 대화를 나눈다. 어떤 순간에도 나에게 이런 말을 건넬 수 있는 사람은 나뿐이라는 것을 알기에 스스로를 다독이며 잠자리에 든다. 어쩌면 누구보다 나를 잘 알고 나의 하루를 가장 가까이서 지켜봐 준 사람도 나 자신이기 때문이지 않을까.

집 근처에는 오랫동안 우뚝 서 있는 나무가 있다. 그 앞을 지날 때면 사람들은 말한다. "저 나무, 외롭지 않을까?" 바람이 불어도, 비가 내려도 늘 같은 자리에 서 있는 모습을 보며 쓸쓸함을 먼저 떠올린다.

하지만 나는 다르게 생각한다. 그 나무는 흙을 깊게 딛고 서서 계절을 온몸으로 건너며 자리를 지킨다. 어떤 이는 스쳐 지나가고, 어떤 이는 곁에 머물러 사진을 남긴다. 잠시 몸을 기대어 숨을 고르기도 하고, 그 아래에서 소중한 이야기를 나누기도 한다.

나무는 홀로 서 있는 것처럼 보이지만 결코 외롭기만 한 존재는 아니다. 그 자체로 누군가에게 쉼이 되고 위로가 되어 마주쳤던 사람들의 기억 속에 오래 남는다.

나도 그렇다. 혼자이고 싶지만 혼자이고 싶지 않은 마음. 세상과 거리를 두고 싶다가도 누군가 다가와 주길 바라는 마음. 그런 모순적인 감정이 내 안에서 끊임없이 엇갈린다는 걸 안다. 혼자인 시간이 익숙해지는 순간이 있는가 하면 사람의 온기가 사무치게 그리워질 때도 있다.

그래도 괜찮다. 지금 내가 내 자리에서 뿌리를 내리고 스스로를 단단히 붙들고 있다면 언젠가는 나의 향을 맡고 찾아오는 사람이 있을 것이다. 꼭 많은 사람이 아니어도 괜찮다. 단 한 사람이라도 나를 진심으로 바라봐 준다면 더는 바랄 것이 없다.

오늘도 무사히 지나온 나를 토닥이며 눈을 감아 본다. 혼자이지만 외롭지 않은 존재로, 혼자이고 싶지만 혼자이고 싶지 않은 나의 마음을 온전히 안아 주면서.

소리 없는 날들의
고백

사람들을 만나면 하고 싶은 말은 많지만
정작 입은 무거워진다.

나이를 먹으면 먹을수록
소리 없이 우는 날이 많아진다.

두 다리를 꼿꼿이 세워 보아도 자꾸만 떨린다.
그렇게 지친 발걸음을 또다시 옮긴다.

애써 하루를 버티다 보면
나에게도 좋은 일이 올 거라 믿으며.

잠들지 못하는
새벽

새벽이 길다. 몸은 잠을 원하지만 마음은 아직 어딘가를 서성인다. 스피커에서 흘러나오는 잔잔한 백색 소음이 이 적막을 다독여 주기를 바라며 한참을 뒤척인다. 하지만 그 소리도 내 안의 울렁거림까지는 닿지 못한다.

눈은 감기는데 생각은 좀처럼 잦아들지 않는다. 자려고 누웠지만 끝내 깨어 있음을 깨닫고, 졸린 몸과 잠들지 못한 마음을 끌어안으며 이 모순된 밤을 지나간다.

새벽은 조용해서 그 적막이 오히려 많은 것들을 데려온다. 지워진 듯했던 걱정들이 선명하게 되살아난다. 종일 말이 없다가 왜 하필 이 시간에만 말을 거는지.

불 꺼진 천장은 생각보다 밝고, 그 아래로 깊은 파도가 일렁인다. 다 지운 줄 알았던 말들과 스쳐 갔던 기억들이 하나둘 차오른다.

잠들지 못한 밤을 지나며 이 불면도 차츰 가라앉기를 바란다. 그래도 나는 믿고 싶다. 나를 통과한 숱한 새벽들이 훗날 따뜻한 말 한마디가 되어 내게 돌아오리라는 것을.

오늘의 새벽을 마음에 품고 곧 맞이할 아침을 향해 걸어간다. 긴 밤이 너무 길지 않기를 바라며.

마음이 편안해지는 것 같거든.

나는 힘들다는 말조차 버거울 때면
바다가 보고 싶더라고.

왠지 바다를 보고 있으면
마음이 편안해지는 것 같거든.

가라앉은
마음

어쩐지 기분이 먹먹한 날이 있다. 별다른 일이 있었던 것도 아닌데 괜히 마음은 무겁고 이유 없이 서글퍼지는 그런 하루. 생각해 보면 이런 날은 갑자기 찾아온 것이 아니다. 하루하루 축적된 감정들이 마음속에 내려앉아 있다가 어느 순간 문득 떠오를 뿐이다.

우리는 기쁜 날과 속상한 날, 견딜 만했던 순간들과 숨이 턱 막힐 만큼 벅찼던 날들을 지나며 크고 작은 감정을 품게 된다. 그렇게 마음속에 머문 감정들이 어느 날은 너무 가득 차 넘쳐 버리고, 또 어느 날은 너무 무거워서 주저앉게 만든다.

그럴 때 우리는 스스로에게 되묻는다.

"왜 이렇게 힘들지?"
"왜 이렇게 마음이 가라앉을까?"

아마 마음이 가라앉는 데에도 다 이유가 있을 것이다. 그동안 미처 마주하지 못했던 감정들과 외면해 왔던 생각들이 마음 어딘가에 머물러 있다가 이제야 고개를 든 것일지도 모른다.

그래서 나는 그런 날이면 조금 더 신중하게 나를 돌아본다. 무리해서 털어 내려 하지도, 굳이 괜찮은 척하지도 않는다. 그저 가만히 앉아 마음을 하나하나 펼쳐 본다.

"무엇 때문에 힘들었을까."
"어떤 순간이 나를 버겁게 했을까."
"무엇이 나를 지치게 만들었을까."

차근히 꺼내어 헤아리다 보면 조금은 가벼워지는 기분이 들기도 한다.

힘듦을 마주하는 일은 여전히 쉽지 않지만, 오래 정리하지 못한 방을 하루아침에 다 치우려 하지 않고 차차 손을 대는 것처럼 마음도 급하게 덜어 낼 필요는 없다. 묵혀 온 시간만큼 차분히 정리해 가면 된다. 그 시간을 어떻게 단번에 비워 낼 수 있을까.

그러다 보면 어느 날 잔잔하고 담백한 하루가 찾아올지도 모른다. 더는 무겁지도, 넘칠 듯 가득 차지도 않은 하루가. 그러니 우리, 있는 그대로의 나를 바라봐 주자. 가끔은 아무것도 하지 않아도 괜찮다. 그저 그렇게 오늘을 잘 살아가면 된다.

무너지는 일은
늘 조용하다

생각지도 못한 것들로 인해
생각지도 못한 순간에
무너진다는 것은
얼마나 아픈 일인지.

소리 한 번 내지 못한 채
혼자서만 금이 간 마음을
세상에 들키지 않으려
조용히 주저앉는다는 것이.

고요와
격정 사이

물결은 말이 없다. 그저 결을 따라 번져 간다. 호수는 한 낮의 햇빛을 받아 은은한 결을 비추고, 바다는 바람을 품어 일렁이며 살아 있는 것처럼 숨을 쉰다. 문득 그런 생각을 해 본다. 나는 호수일까, 바다일까.

호수는 스스로의 고요를 흐트러뜨리지 않는다. 그 평온한 경계 속에서 잠잠한 물결은 낮은 숨을 쉬듯 살아간다. 누군가 다가와 돌을 던져도 호수는 화내지 않는다. 단지 동그란 파문을 그려 내며 오래도록 자기 안의 떨림을 드러냈다가 이내 다시 고요로 돌아갈 뿐이다.

나는 그런 호수를 닮고 싶었다. 쉽게 흩어지지 않고 되새기며 마음의 울림을 잃지 않는 모습. 깊고 잔잔한 마음으로 누군가의 말 한마디도 오래 품는 사람.

하지만 살다 보면 나는 또 바다를 닮고 싶어진다. 광활하고 거칠며 끝없이 이어진 바다처럼, 어떤 상처도 삼키고 때로는 소리 내 울부짖을 줄 아는 넓은 마음. 파도가 부서지는 만큼 다시 일어서는 그 강인한 복원의 리듬을 지닌 사람이 되고 싶다.

호수는 흐르지 않지만 스스로 맑음을 유지한다. 바다는 흐르며 뒤섞이고, 그 안에서 세상을 태우고 식히며 길들인다. 나는 둘 사이 어딘가에서 흔들리고 있는 듯하다. 잊히지 않을 어떤 말 앞에서는 호수처럼 오래 떨리고 싶고, 불현듯 밀려오는 감정 앞에서는 바다처럼 기꺼이 파도치고 싶다.

나는 호수처럼 깊이 있게 존재하고, 바다처럼 너그럽게 흐르고 싶다. 잔잔하면서도 단단한, 격정적이면서도 부드러운 마음으로 세상의 소음 앞에서 쉬이 일렁이지 않고 누군가의 가려진 아픔을 먼저 알아차릴 수 있기를.

어느 날엔 호수로, 어느 날엔 바다로, 나는 내 속도대로 마음의 풍경을 넓혀 간다.

쓰여진 삶을
다듬는 것

내가 생각하던 말들이 입 밖으로 나오는 순간, 그 사람의 결이 드러난다. 머릿속에서야 얼마든지 단정하고 바른 문장을 조립할 수 있지만 막상 말을 뱉을 때 그 사람의 억양과 흐름, 잠시 주저하는 사이로 본성이 새어 나오기도 한다.

나는 말과 행동이 단단히 연결된 사람이고 싶다. 꾸밈없이 곧게 나아가고 싶다. 그러나 바라고 기대하는 만큼의 내가 되는 일은 좀처럼 쉽지 않다. 머릿속에서 그린 나와 현실의 나는 자주 어긋난다. 그 괴리 속에서 인간은 흔들리고 때로는 스스로를 속이며 살아간다.

그래서 글은 상처가 되기도 하고, 한 사람의 결을 비추는 반짝임이 되기도 한다. 시간이 지나도 누군가의 마음에 남아 있기 때문이다. 글이 깊어진다고 해서 마음까지 깊어지는 것은 아니고, 문장을 세련되게 꾸민다고 해서 삶이 세련되고 단단해지는 것도 아니다. 문장은 충분히 지어낼 수 있지만, 말과 행동은 쉽게 거짓말하지 못한다.

그래서 시간을 함께 나누다 보면 결국 그 사람이 어떤 결을 지닌 사람인지 자연스레 느끼게 된다. 우리는 점점 말보다 텍스트에 기대어 많은 것들을 공유하는 세상을 살아가고 있는지도 모른다. 활자로 감정을 주고받고, 공들인 문장으로 스스로를 포장한다.

그럴수록 사람의 목소리는 더 애틋해진다. 그 사람만이 품고 있는 것, 그러니까 그 사람만의 목소리에는 어떠한 활자로도 표현할 수 없는 미묘한 떨림과 무게가 있다. 말투와 사소한 습관, 그 모든 것들에는 그가 지나온 시간들이 스며 있다.

글에서 느껴지는 것들은 목소리로 전해지고, 목소리보다 눈빛이 더 많은 것을 담아낸다. 나는 글과 내 모습이 멀어지지 않기를 바란다. 써 내려간 문장을 통해 내가 되고, 내 삶이 글에 묻어날 수 있으면 좋겠다.

그러기 위해서는 부단히 살아 내야 한다. 머릿속에서만 완벽하게 조립하는 사람이 아니라 현실에서도 솔직한 사람이 되고 싶다. 생각을 다듬는 만큼 삶도 다듬으며, 언젠가 내가 남길 문장들이 내가 걸어온 길과 다르지 않도록.

나와
잘 지내는 방법

1. 끼니를 대충 때우지 않기

2. 흐트러진 모습은 오래 두지 말고 단정히 가꾸기

3. 기분 나쁜 말은 오래 곱씹지 않기

4. 듣고 싶은 노래를 듣고, 걷고 싶은 길을 걷기

5. 때로는 나를 위해 작은 선물 하나 건네기

6. 남들은 몰라도 나만은 끝까지 내 편이 되어 주기

7. 잘못한 것은 바로 인정하기

8. 한 번쯤은 혼자서 멀리 떠나 보기

9. 이따금 스스로를 단단히 다잡기

10. 잠들기 전, 내일도 잘해 보자고 말해 주기

가끔은 그런대로
하루가 지나간다

의미 없이 멍하니 앉아 있어도 시간은 어김없이 나를 지나쳐 간다. 속절없이 저무는 하루가 미웠던 날도 있었다. 아무것도 하지 않는 나를 견딜 수 없어 마음 한구석을 스스로 밀어붙였다. 나를 다그치는 일만이 그나마 숨이 붙어 있는 것처럼 느껴졌다.

아프더라도 움직이는 편이 낫다고, 그렇게 믿고 싶었던 날들이었다. 그래야 살아 있는 것 같았고, 그렇게라도 아파야 앞으로 나아갈 수 있을 것만 같았다. 모두가 분주한 세상 속에서 나만 멈춘 듯했고, 누군가는 끝없이 달리고 있는데 나는 그 자리에 주저앉아 발끝만 바라보고 있는 기분이었다. 도태되고 있다는 말이 나를 하루하루 무너뜨렸다.

그래서 스스로를 몰아붙였다. 한 걸음이라도 내디뎌야 할 것 같아서, 어디라도 도착해야만 할 것 같아서. 무엇을 이루었는지는 중요하지 않았다. 다만 가고 있다는 감각 하나만이 그 시절의 나를 겨우 지탱해 주었다.

그러다 어느 날, 채찍마저 들 수 없을 만큼 지쳐 버렸다. 해야 할 일을 알고 있는데도 손이 움직이지 않았다. 잠시 오래 앓는 낮잠처럼 시간을 흘려보냈다. 그 시간 동안 아무것도 이뤄 내지 못했지만 조금씩 숨을 고를 수 있었다. 누구도 닿지 않는 깊은 곳에서 내 걸음을 되찾고 있었다.

지금 돌아보면 그 나날들이 결코 헛된 것만은 아니었다. 스스로를 몰아붙이며 버틴 시간도, 아무것도 하지 않은 채 지나간 날들도 모두 지금의 나를 만들고 있었다. 무의미하다고 여겼던 날들까지도 어딘가에서는 나를 다독이고 있었던 걸까. 나는 다시 걸을 수 있을 것만 같았다.

그러니 당신이 지난 시간에서 의미를 찾지 못했다고 해도 괜찮다. 헛된 것처럼 느껴졌던 그날들에도 분명 당신을 위한 이유가 있었을 것이다. 나는 당신의 멈춤을 응원한다. 천천히 걸어가는 당신의 시간을 귀하게 여긴다. 멈춰 선 순간까지도 당신 안에 머물던 용기였을 테니까. 당신이 쏟아 낸

그 지난한 시간은 지금의 당신을 위해 반드시 필요한 계절
이었을 테니까.

조금씩
괜찮아지는 중이야

살다 보면 누구에게나 이유 없이 아픈 순간이 찾아온다. 이유가 없다는 말은 겪은 일이 사소하다는 뜻이 아니라 그 무게를 설명할 길이 없다는 의미다. 너무 말도 안 되는 일이 벌어져 처음에는 그것이 상처인지조차 제대로 느끼지 못할 때도 있다. 도무지 무슨 일인지 감도 잡히지 않고, 무너진 마음을 수습할 여유도 없이 어영부영 하루를 넘기게 된다. 어쩌다 이렇게 되어 버렸을까. 되돌릴 수 없는 시간에 마음이 자꾸 붙잡힌다.

사람들은 말한다. 다 지나간 일이니 이제 잊으라고. 앞으로 더 좋은 일이 있을 거라고. 그 말들이 틀린 것은 아니다. 아직 마음이 거기까지 닿지 않았을 뿐이다. 아물지도 않은 상처 위로 바람이 불어와 마음이 더 깊게 젖어 드는 날도 있는 것이다.

상처를 입은 사람은 쉽게 잠들지 못한다. 자신을 탓하고, 세상을 의심하고, 그래도 믿고 싶었던 마음 때문에 더 아파진다. 무너진 마음 앞에서 스스로가 가장 먼저 작아지고 그 마음을 안은 채 하루를 버텨 낸다. 하지만 그런 날들을 견디고 있다는 것만으로도 충분히 대견하다.

때로는 가만히 무너지게 내버려두는 것도 필요하다. 울고, 무너지고, 아무것도 하기 싫은 그 마음을 억지로 끌어올리지 않아도 된다. 상처는 애써 이겨 내려 할수록 더 깊게 파고드는 법이니까.

그러다 보면 언젠가는 눈에 띄지 않게 회복되는 날이 온다. 스스로가 덜 미워지는 날이 있고, 괜찮은 사람이라는 생각이 스치는 순간도 있다. 괜스레 웃고 있는 자신을 발견하거나, 다시 믿어 보고 싶다는 마음이 서서히 스며드는 날도 있다. 그런 하루들이 기적처럼 쌓이며 삶은 조금씩 괜찮아지는 쪽으로 물들어 간다.

상처가 사라진다는 뜻은 아니다. 다만 그 상처 하나로 하루 전체가 무너지지 않게 된다는 의미다. 생각을 달리하고,

마음의 무게를 내려놓으며, 더 단단한 내가 되어 가는 과정이다.

그 시간을 지나고 있는 모든 사람에게 말해 주고 싶다. 지금처럼만 버텨도 괜찮다고. 무너지지 않는다고 해서 꼭 강한 것은 아니라고. 작고 여린 마음으로 끝까지 견디는 사람은 그 자체로 용감하다고.

그리고 잊지 않았으면 한다. 지금 이 순간 아무것도 하지 못하는 날들조차 언젠가는 당신을 일으켜 세울 자양분이 되어 줄 거라는 사실을. 조금 더 쉬고 조금 더 지내다 보면, 어느 날 아무 일 없었다는 듯 해가 떠오를 것이다.

그날이 오기까지 오늘을 무사히 살아 내기를 바란다. 무너진 마음이 끝끝내 다시 일어서는 기적을, 나는 믿는다.

2부

마음이 무너지는 날에도
당신이라면

다른 사람이 있고
다른 삶이 있다

사람은 누구나 자신도 모르게 닮은 사람에게 끌리곤 한다. 비슷한 경험, 비슷한 가치관, 비슷한 상황에 놓인 사람들. 그 속에서 우리는 공통점을 찾으며 서로를 이해하려한다. 어쩌면 그것이 관계의 시작인지도 모른다. 비슷한 점이 있다는 것만으로도 우리는 자연스레 공감대를 형성한다. 나의 기쁨을 함께 나누고, 나의 아픔을 함께 견딜 수 있을 거라는 믿음. 그래서 우리는 그런 사람에게 마음을 열고 점차 가까워지는 게 아닐까.

하지만 가끔 우리는 착각한다. 나와 비슷하다는 이유만으로 상대도 나와 같을 거라 단정 지어 버리는 것. 비슷한 경험을 했다고 해서 그 감정마저 똑같을 거라 생각하는 것. 그러나 아무리 비슷한 상황이라도 그 안에서 느끼는 감정은 다르다. 같은 풍경을 보고도 누군가는 따뜻함을, 누군가는 외로움을 느끼는 것처럼. 겹쳐진 듯한 삶을 살아왔다 해도 그 삶을 바라보는 시선은 다를 수밖에 없다.

그러니 누군가를 진심으로 알고 싶다면 나와 같을 거라는 생각부터 내려놓아야 한다. 서로 다를 수 있음을 인정하고 그 사람의 시선에서 바라보려는 태도가 필요하다. 때로는 나와 전혀 다른 길을 걸어온 사람을 만나기도 한다. 가치관도 다르고, 세상을 살아가는 방식도 다르다. 그럴 때 우리는 너무 쉽게 결론을 내려 버린다.

"저 사람은 나와 맞지 않아."
"저 사람은 틀렸어."

하지만 모든 다름이 틀림은 아니다. 사람은 누구나 저마다의 색을 지니고 살아간다. 나와 다르다고 해서 틀린 것이 아니라 또 하나의 색을 머금은 것일 뿐이다.

우리가 정말로 가까워질 수 있는 순간은 비슷한 점을 찾을 때보다 서로의 다름을 인정할 때가 아닐까. 생각이 다르다고 해서 밀어내지 않고, 그 다름 속에서도 이해하려는 마음이 있다면 우리는 더욱 단단해질 것이다. 좋은 일에는 진심으로 축하를 건네고, 아픈 일에는 진심으로 공감하며 위로할 수 있을 것이다. 그렇게 우리는 서로 닮지 않아도 서로의 마음에 닿을 수 있다.

마음이 무너지는 날에도
당신이라면

하루의 끝자락마다 우리는 서로를 다독이며 그 시간을 함께 앓아 냈다. 말없이 울다가도 어이없게 웃어 버리곤 했고, 그런 우리였기에 더없이 고마웠다. 어느 날은 술잔을 기울이며 이렇게 큰 시련이 오는 건 그만큼 큰 행복이 오려는 징조일지도 모른다는 농담을 주고받을 수 있었던 사람. 그게 당신이라서 나는 좋았다.

그래서일까. 나는 당신이라면 내 앞에서 마음껏 무너져도 괜찮다고 생각한다. 언제든 당신이 두 손을 뻗기만 하면 기꺼이 그 손을 꽉 잡고 함께 일어서서 걸어갈 준비가 되어 있으니까.

그리고 언젠가 내가 무너지는 순간이 찾아오더라도 당신 앞이라면 조금은 편히, 조금은 솔직하게 흐트러질 수 있을 것만 같다. 당신이라면, 당신만큼은 끝까지 믿고 싶다.

서로의 세계를
배우는 일

관계는 하나의 삶과 또 하나의 삶이 어우러지는 것. 누
군가와 함께할 수 있다는 건 정말 대단한 일이라는 것. 누
군가를 알아 가는 과정에서 그 사람을 존중하는 자세와
이해하려는 마음이 필요한 이유인 것. 각자만의 사정과 아
픔이 있기에 그 사람에게도 내가 모를 사정과 아픔이 있을
수 있다는 것. 그래서 관계에는 더욱 신중함이 필요하다는
것. 신중을 기한다는 건 그 사람의 삶을 바라보려는 마음
을 품고 있다는 것.

묵묵히 곁을 지켜 준
이름들

지나온 시간 속에는 맞지 않는 인연도 있었지만 나에게는 참 고마운 사람들이 있었다. 아무 생각도 하기 싫고 세상이 버겁게 느껴지는 날이면 그들은 말없이 곁을 내어 주었다. 어떠한 말보다도 함께 있어 주는 마음이 얼마나 큰 위로가 되었는지 모른다. 그런 순간마다 함께여서 좋은 사람들 덕분에 매번 힘을 얻는다.

그래서 앞으로는 내 시간과 마음을 고마운 사람들에게 더 기꺼이 내어 주며 삶을 차곡히 채워 가고 싶다.

문득 한 가지 생각이 스친다. 언젠가 나도 누군가의 곁을 묵묵히 지켜 줄 수 있는 사람이 되고 싶다고. 힘들어하는 마음을 감싸안고 버팀목이 되어 주는 그런 사람.

그 따뜻한 이름들이 내 안에 머물러 오늘의 나를 만들어 주었듯 나 또한 누군가의 기억 속에서 포근히 위로가 되는 이름으로 남고 싶다.

잘 지내자는 말이 소중해진다.

너도 나도 분명 힘든 일이 있을 거고

포기하고 싶은 순간도 있겠지만

그럼에도 나는

너와 나를 진심으로 응원하고 있다고

말해 주는 것만 같다.

내 편이 생긴 것만 같다.

그러니 우리, 꼭 잘 지내자.

관계를
오래 지키기 위한 태도

1. 서운함을 쌓아 두지 말고 솔직하게 말하기

2. 익숙해질수록 더 소중히 여기기

3. 배려와 이해, 그리고 존중의 마음 잊지 않기

4. 미안하다는 말과 고맙다는 표현 아끼지 않기

5. 이기려 하기보다 함께 잘 지내는 쪽을 선택하기

6. 상대의 말을 끝까지 경청하는 여유 갖기

7. 다름을 틀림으로 단정하지 않기

8. 바쁠수록 안부를 건네는 습관 들이기

9. 가까운 사이일수록 말의 온도를 지키기

10. 함께한 시간을 당연하게 여기지 않기

빛으로 이어진
인연

　죽음에 대해 깊이 생각한 것은 이번이 두 번째였다. 처음 그 생각이 스쳐 갔던 날, 나는 아직 어려 낯설고 슬픈 얼굴들 사이에서 울음을 베끼던 아이였다. 이번에는 그때보다 조금 더 오래 살아 낸 사람이 되어 이별의 뒤안길에서 잠시 걸음을 멈추었다.

　살아가며 우리는 만남보다 이별에 더 익숙해지는지도 모른다. 그것은 삶이 우리에게 점점 더 많은 사람을 소중히 여기게 만든다는 뜻이기도 하겠지. 마치 영원할 것처럼 함께 웃고 아무 일도 없을 듯 서로를 부르며 살아가지만, 결국 누군가는 먼저 걸음을 멈추고 남은 이들은 그 자리에 오래 서성이는 일이 많아진다.

나는 인연이란, 빛으로 이어진 가느다란 실 같다고 믿는다. 누군가를 떠나보낼 때마다 빛의 한 줄기가 꺼지는 듯해 마음이 서늘해진다. 그리고 꺼진 자리에서는 어김없이 슬픔이 꽃처럼 피어난다. 울음이 터지지 않아도 가슴 한복판이 노래하고, 그 노래는 대개 아픔의 형상으로 나를 휘감는다.

오늘 해 질 녘 붉게 타오르던 하늘 아래 서 있었다. 기억의 한 귀퉁이에서 사라진 인연들의 얼굴이 떠올랐다. 죽음은 이제 나와 그리 멀지 않은 곳에 있다. 누군가의 마지막을 배웅하고 돌아올 때마다 나는 조금씩 달라졌다.

하루가 저물 무렵이면 소홀히 흘려보냈던 말과 마음을 되짚게 된다. 죽음은 단지 끝이 아니라 무언가를 다시 바라보게 하는 문 같다. 그 문턱에서 나는 내가 받은 사랑을 떠올린다. 그 사랑을 건넨 이들을 생각하고 무수한 웃음과 눈물들이 겹겹이 내 안에 남아 있었음을 깨닫는다.

사라졌다고 여겼던 모든 순간은 어디에선가 나를 지탱하고 있었다. 시간이 흘러 기억은 희미해질지 몰라도 그때의 마음은 퇴색되지 않는다. 그리움은 이름 없이 살아 있고, 이야기들은 여전히 내 안에서 숨 쉬고 있다.

그래서 나는 지금을 더 사랑하려 한다. 더 자주 고맙다고 말하고, 미안하다는 표현을 숨기지 않으며, 누군가의 마음에 부드러운 자국으로 남고 싶다. 언젠가 나도 떠나갈 그날까지 기억할 수 있는 모든 사랑을 꺼내어 오늘의 사람들과 나누고 싶다.

살아간다는 건 한 사람 한 사람의 흔적을 안고 비워 내며 다시 채워 가는 과정이다. 그 길의 끝에서 누군가 나를 떠올리며 "참 따뜻한 사람이었어." 하고 말해 준다면 그로써 충분하리라 생각한다.

마지막일지도
모르는 오늘

　사람을 떠나보내고 나면 그가 남기고 간 수많은 이야기
보다 마지막으로 마주한 장면 하나가 유난히 오래 남는다.
헤어짐은 늘 예고 없이 찾아온다. 우리는 그 순간이 끝이
라는 사실을 모른 채 아무렇지 않게 웃고, 그날을 그저 평
범한 하루처럼 흘려보낸다. 그러다 스치듯 누군가를 떠올
리면 깊이 나눈 대화보다 마지막으로 보았던 표정과 마지
막으로 들었던 말투, 그날의 온도와 햇살까지 또렷이 되살
아난다. 아마도 그때가 마지막이 될 줄 몰랐기에 그날을
마음속 어딘가에 더 선명히 붙잡고 사는 건 아닐까.

　어느 여름의 끝자락, 햇살 가득한 방 안에서 오랜 시간
함께했던 당신이 내 이름을 불렀다.

"잘 지내고 있냐. 아프지 말고 건강해라. 사랑한다."

그 말끝에 묻어 있던 따스함이 지금까지도 마음 깊은 곳을 울린다. 그 다정한 안부가 정말로 마지막이 될 줄은 그때의 나는 알지 못했다.

또 다른 계절, 어느 가을 오후였다. 한산한 카페 구석 자리에서 형이 책 한 권을 건넸다.

"네 생각이 나더라. 너라면 좋아할 것 같아서."

미소 띤 얼굴로 건네준 그 책이 이 세상에서 받은 마지막 선물로 남게 될 줄은 생각조차 못 했다.

우리는 이별 앞에서 늘 준비되어 있지 않다. 그래서 더 후회하고, 더 오래 그 순간을 붙잡고 살아간다. 시간이 흘러 그들의 부재에 익숙해질 무렵에도 그 장면만은 어쩐지 잊히지 않는다. 지금 이 순간이 마지막이 될 수도 있다는 것. 그 단순한 진실은 삶의 어느 시점에서야 비로소 깊숙이 가닿는다.

그 기억 덕분에 말끝을 매만지고, 순간을 더 소중히 바라보게 되었다. 마음속에 떠오르는 이름이 있다면 짧은 안부라도 건네야겠다. "잘 지내지?" 하고 묻는 한마디가 훗날 마지막 숨결로 남을 수 있기 때문이다.

이 시간이 끝으로 남지 않더라도 내가 건넨 말들이 그의 하루 어딘가에서 따스하게 머물기를. 한 장면이 전부였던 날처럼, 나는 오늘도 누군가의 하루에 다정한 한 조각으로 남고 싶다. 그 순간이 마지막이 아니더라도 우리는 언제나 마지막이라는 걸 모른 채 살아가니까.

평범한 하루가 가장 그리운 순간이 된다.

함께 밥을 먹고,

사소한 대화를 나누고,

곁에 있어 주던 그 시간이 사라지고 나서야

소중했음을 비로소 알게 된다.

부재의 온기

카페 구석에 놓인 한 자리. 버스 정류장의 가지런한 등받이. 누군가를 오래 기다리다 남겨진 듯한 공원의 벤치. 아무 말도 하지 않지만, 이상하게도 그 의자들은 많은 이야기를 품고 있는 듯하다. 그 자리에 앉아 있던 사람은 누구였을까. 무엇을 기다렸고, 무엇을 참고 있었을까. 반가운 소식을 기다리며 손끝을 매만지고 있었을까, 아니면 이별의 마음을 잠잠히 삼키고 있었을까.

시간은 흘러 사람들은 자리를 떠났다. 그럼에도 의자는 여전히 그 자리에 남아 그들 없이도 묵묵히 이야기를 간직한다. 사람들은 누군가 앉아야 의자의 의미가 생긴다고 말한다. 하지만 나는 비어 있는 의자에서 더 많은 것을 느낀다.

기다림의 마음과 남겨진 체온, 그리고 떠난 뒤에야 찾아오는 고요함 같은 것들. 빈 의자는 부재와 존재를 동시에 보여 준다. 그 안에는 아직 오지 않은 이들을 위한 자리도 함께 놓여 있다.

나는 종종 그 의자에 앉아 본다. 바쁘게 걷던 일상을 잠시 멈추고 주변을 바라보면 사람들의 얼굴과 스쳐 가는 바람, 흔들리는 빛들이 이전에는 닿지 못했던 결로 깊숙이 다가온다. 그러다 보면 나 역시 누군가에게는 하나의 빈자리로 남아 있을지도 모른다는 생각이 든다.

삶도 어쩌면 그런 모습이 아닐까. 어떤 자리는 채워지고, 어떤 자리는 비워진다. 그리고 그 빈자리마다 각자의 이야기가 남는다. 당신이 남긴 자리는 지금 어떤 표정을 하고 있을까.

그래서 나는 빈 의자를 좋아한다. 그곳에는 누군가를 위해 비워 둔 마음이 고여 있고, 또 다른 이야기가 앉을 준비를 하고 있다. 우리도 그런 의자처럼 떠나는 이에게도, 다가오는 이에게도 자리를 내어 줄 수 있기를 바란다. 한결같이 자리를 지키는 의자처럼 오래도록 온기를 머금고 남아 있기를.

다시 마주할
그날에는

아무리 소중한 것이라고 해도 세상의 모든 것은 유한하다. 기약 없는 이별의 아픔을 마음 한편에 묻어 둔 채 우리는 저마다 그렇게 살아가고 있는지도 모르겠다. 그래서인지 지나가는 매 순간이 더욱 소중하게 느껴진다. 우리가 꽃이 피는 날을 웃으며 반기는 이유도 언젠가 질 것을 알고 있기 때문이 아닐까.

그러니 그때 미처 전하지 못한 마음이 있다면 다시 마주하는 날, 꼭 웃으며 안아 주는 거다. 보고 싶었다고. 참 오래 그리웠다고.

그리움이라는
감정

그리움은 세상이 내게 준 가장 큰 아픔이자 그 무엇보다
도 가장 아름다운 감정이다. 누군가를 그리워할 수 있다는
것. 그리움이 있기에 내가 있을 수 있다는 것. 누군가를 떠
올리며 소중함을 깨닫는 것.

곁에 있을 때는 당연하게 여겼던 순간들이 멀어진 뒤에
야 빛을 띠고, 아무렇지 않게 흘려보냈던 말 한마디가 가
만히 마음속에 남아 나를 붙잡는다.

그제야 나는 알게 된다. 그 마음의 이름이 그리움이었다
는 것을. 사라진 것이 아니라 내 안에 남아 나를 움직이게
하는 감정이라는 것을. 그래서 그리움은 아프지만, 그 아
픔 덕분에 나는 여전히 누군가를 사랑하며 살아간다.

새로운 사람을
만날 때

1. 겉모습만으로 판단하지 않기

2. 처음부터 너무 많은 것을 궁금해하지 않기

3. 침묵이 생겨도 조급해하지 않기

4. 내 경험을 기준으로 단정하지 않기

5. 기대하기보단 기다려 주기

6. 꼭 오늘이 아니어도 된다는 걸 기억하기

7. 상대의 시간을 당연하게 여기지 않기

8. 솔직함을 빌미로 무례해지지 않기

9. 다를 수도 있고 틀릴 수도 있다는 걸 인정하기

10. 갑자기 나타나거나 갑자기 사라지지 않기

쓰레기통 앞에서
울던 사람

어느 날 밤이었다. 퇴근길에 익숙한 골목을 따라 집으로 돌아가던 중 아파트 단지 한편에서 발걸음이 저절로 느려졌다. 쓰레기를 버리는 장소 앞에 누군가 서 있는 모습이 보였다. 검은색 봉투 하나를 양손으로 꼭 쥐고 마치 그 자리에 붙박인 사람처럼 미동도 없이. 멀리서 보기에도 그녀는 무언가를 망설이고 있는 듯했다. 쓰레기를 버리는 데 망설임이 필요할까 싶었지만 왠지 모르게 그 모습에 시선이 끌렸다.

나는 고개를 살짝 숙인 채 조심스럽게 걸음을 옮겼다. 그녀의 기척을 방해하지 않으려는 마음에서였다. 그 순간, 아주 작게 훌쩍이는 소리가 들렸다. 봉투 속을 들여다보던 그녀는 무언가를 꺼내 잠시 손에 쥐었다가 다시 넣었다. 손등으로 눈가를 훔친 뒤 마지막으로 봉투를 한참 바라보며 인사를 건네듯 쓰레기통 안으로 밀어 넣었다. 그녀는 아무 말도 하지 않았다. 그 장면은 슬픔이라기보다 작별에 가까워 보였다.

나는 멀찍이 서서 그 사람이 아주 중요한 것을 떠나보내고 있음을 느꼈다. 그날 밤에는 한동안 그 장면을 곱씹었다. 누군가에게는 버리는 데도 그렇게 오랜 시간이 필요한 법이구나. 어쩌면 우리는 버리는 일에도 예의가 필요하다는 사실을 자주 잊고 살아가는지도 모르겠다.

나 역시 그랬던 것 같다. 아무 생각 없이 무언가를 손쉽게 지우고 잊으려 했던 날들이 있었다. 사람도, 감정도, 추억도 던져두고 돌아섰던 적이 있었다.

우리는 참 많은 것을 버리며 살아간다. 하루치 감정, 입에 담지 못한 말, 어제 쓴 일기장, 유통 기한이 지난 우유, 반복되는 다짐, 놓아야 할 인연. 하지만 정작 중요한 것은 그 안에 담긴 마음을 함께 정리했느냐는 것이다. 물건을 버리는 일은 비교적 쉽지만, 마음을 떠나보내는 일은 종종 그보다 훨씬 복잡하고 오래 걸린다.

그날의 그녀는 그것을 보여 주고 있었다. 사람이 무언가를 버린다는 것은 단순히 손에서 놓는 일이 아니라는 것. 삶에서 한 조각을 떼어 내는 일이라는 것. 아무리 작고 하찮아 보일지라도 누군가에게는 전부였을 수 있다는 것.

나는 그날 이후로 물건 하나를 정리하는 일에도 마음을 더 들이게 되었다. 지금은 쓰지 않게 된 컵 하나를 버릴 때도, 오래 입던 잠옷을 정리할 때도 그 안에 담긴 시간과 감정을 한 번쯤 떠올려 보게 되었다. 어떤 물건들은 기억을 품고 있다. 그리고 어떤 사람들은 그 기억을 쉽사리 놓지 못한다.

쓰레기통 앞에서 울고 있던 그 여자의 이름도 사연도 알 수는 없지만, 그 장면만은 오래 마음에 남을 것 같다. 그것은 단지 한 사람의 눈물이 아니라 우리가 잊고 있던 작별의 방식이었으니까.

버린다는 것은 꼭 지우는 일이 아니다. 때로는 아주 정성스럽게 인사를 건네는 일이다. 마음을 다해 작별하고 나면 우리는 조금 더 가벼워진다. 그리고 다음을 맞이할 준비를 하게 된다. 그렇게 우리는 담담하게 방향을 바꾸고 한 걸음씩 마음의 자리를 옮겨 간다.

아픔을 재지 않는
마음

사람은 종종 다른 이의 아픔에 개인적인 시선과 마음을 섞는다. 그리고 자신만의 잣대로 판단한다. 정말 그렇게까지 힘든 일인지, 왜 이런 일로 전전긍긍하는지. 직접 겪은 일이 아님에도 그 사람과 상황만으로 짐작해 버린다. 나에게는 분명 큰일인데 별일 아니라고, 일어날 힘도 없는데 걸으라고 말한다. 이제야 걸을 수 있게 되었는데도 서둘러 뛰라고, 나를 다 아는 것처럼 등을 떠민다. 그래서 더욱 초라해진다. 내가 이 정도밖에 안 되는 사람인가 싶고, 한심하다는 생각도 든다.

하지만 정작 아픔 앞에서 가장 필요한 것은 한 사람의 공감이다. 상대방을 진정으로 소중하게 생각하고 그 아픔을 꼭 안아 주고 싶다면, 아픈 순간보다 웃는 날이 더 많기를 바란다면 먼저 그 아픔을 공감하고 마음을 어루만져 주는 일이 우선이다. 그 이후에야 비로소 상대방의 상황에 맞는 해결책을 제시하고 도움이 될 수 있도록 힘을 건넬 수 있다. 먼저 공감하고 그다음에 내 생각을 이야기해도 늦지 않다.

아픔을 자신의 기준과 생각으로 먼저 판단하지 않으려는 태도가 중요하다. 조언해 주려는 마음은 당연히 고맙지만, 아픔을 개인적인 시선으로 섣불리 재단하는 말은 또 다른 상처가 될 수 있다.

관계를 망치는
한마디

1. "알아서 해."

2. "별것도 아닌 일로 왜 그래."

3. "너는 원래 그런 애잖아."

4. "내가 더 힘들어."

5. "다들 그렇게 살아."

6. "다 너 잘되라고 하는 말이야."

7. "됐어. 말해 봤자 뭐 해."

8. "다른 사람은 안 그래."

9. "내가 너한테 해 준 게 얼만데."

10. "너 때문에 이렇게 됐어."

내면에 숨어 있던
슬픔

겉으로는 웃고 있어도 행복해 보이는 얼굴 뒤에는 차마 꺼내지 못한 슬픔 하나쯤 자리를 잡고 있다.

사람들은 그것을 들키지 않으려 괜찮은 척하지만, 마음 한쪽에서는 지워지지 않는 잔상들이 여전히 그 자리에 남아 있다.

그래서 어느 날 아무 일 없어 보이던 사람이 울음을 터뜨린다면, 그것은 갑작스러운 슬픔이 아니다. 오래전부터 가슴 깊이 눌러두었던 감정이 뒤늦게 모습을 드러낸 것이다.

웃고 있던 시간들 사이로 말없이 따라다니던 슬픔이 이제야 조심스럽게 자기 이름을 부르는 순간처럼.

기억의 주름을
펴는 일

집 앞 세탁소에 들를 때마다 나는 이유 모를 위로를 받는다. 늘 같은 풍경 속에서 사장님은 다림판 앞에 서서 옷의 주름을 펴고 계셨다. 마치 인생의 구김살을 하나하나 다듬는 듯 단단하면서도 섬세한 손길로. 나는 옷을 맡기고 찾는 짧은 시간 동안 다림질 소리에 귀를 기울였다. 옷감이 반듯해지는 소리를 듣고 있으면 마음마저 정돈되는 기분이 들었다.

하루는 오래된 셔츠를 맡기며 무심코 물었다.

"이렇게 매일 같은 일을 하시면 지겹거나 지치지 않으세요?"

사장님은 잠시 다림질을 멈추고 옅게 웃으며 말씀하셨다.

"글쎄요. 옷마다 이야기가 있거든요. 저는 그 이야기들을 펴 주는 일을 하는 셈이죠."

그날 이후로 나는 세탁소에 갈 때면 내 옷뿐 아니라 다른 사람들의 옷까지 하나둘 눈여겨보게 되었다. 누군가의 바쁜 하루가 묻어 있을 정장 재킷, 책가방보다 무거운 시간을 보냈을 학생의 교복 셔츠, 주말 소풍을 준비했을 법한 면바지 한 벌. 그 옷들 너머의 삶을 상상하게 되었다. 다려진 옷마다 하루의 무게와 기쁨, 혹은 말하지 못한 슬픔이 스며 있을 것만 같았다.

그러던 중 유난히 낡고 해진 점퍼가 눈에 들어왔다. 얼핏 보면 버려도 이상하지 않을 옷이었지만, 사장님은 그 점퍼를 조심스럽게 다듬고 계셨다. 그 모습을 바라보다가 물었다.

"이 옷은 왜 이렇게 정성스럽게 다리세요?"

사장님은 다림질하던 손을 멈추고 대답하셨다.

"이 옷엔 주인의 오랜 기억이 담겨 있대요. 낡았다고 해서 다 버릴 수 있는 건 아니잖아요."

그 말을 들으며 깨달았다. 낡고 오래된 것들이 지닌 무게는 단지 물건의 시간이 아니라 마음의 시간이기도 하다는 것을.

누군가의 곁에 오래 있던 것들은 잊히려야 잊히지 않는 삶의 일부가 된다. 우리는 세월을 지나며 많은 것을 잃고 버리지만, 어떤 것들은 끝내 보내지지 않는다. 그 옷처럼 우리에게도 마음 한편에 오래 묵혀 둔 무언가가 있다. 그것은 기억이 되기도 하고, 사랑이 되기도 하며, 말하지 못한 안녕으로 남기도 한다.

세탁소 사장님의 다림질은 단순히 옷의 주름을 펴는 일이 아니었다. 그는 매일 누군가의 기억을 다듬고 그 안에 담긴 삶을 조심스레 매만지고 있었다. 그 모습을 바라보며 위로는 거창한 말보다 낡은 점퍼 하나를 끝까지 다려 내는 손길처럼, 작지만 성실한 데서 비롯된다는 것을 알게 되었다.

별은 늘
그 자리에 있었다

오늘 밤은 별이 유난히 잘 보일 거라는 예보가 있었다. 그래서 친구들과 도심을 벗어나 한적한 곳으로 향했다. 불빛이 하나둘 사라질수록 창밖으로 보이는 풍경도 서서히 달라졌다. 빛이 사라진 자리에는 어둠이 가득했고, 우리는 한 시간 남짓 달린 끝에 마침내 밤하늘을 올려다보았다. 하지만 별은 좀처럼 모습을 드러내지 않았다. 하늘은 생각보다 더 캄캄했고, 우리는 괜히 먼 길을 온 것 같다며 투덜거리기 시작했다.

하지만 시간이 지나자 작은 점들이 점점 모습을 드러냈다. 처음에는 희미했지만 이내 밤하늘은 별빛으로 가득 채워졌다. 문득 마지막으로 하늘을 여유롭게 올려다본 때가 언제였는지 떠올려 보았다.

어릴 적에는 하늘을 보는 일 자체가 기분 좋은 놀이였다. 손바닥보다 작은 손으로 별을 가리키며 저건 무슨 별이냐고 물었고, 어머니는 웃으며 별 하나, 별 두 개를 함께 세어 주시곤 했다. 그 시절의 나는 마냥 웃었고 어머니도 나를 보며 따라 웃었다.

언제부턴가 나는 하늘을 바라보지 않게 되었다. 별이 떠 있는지, 비가 내리는지조차 느끼지 못한 채 지냈다. 바쁘다는 핑계로 여유를 미뤘고 숨 고르는 법도 잊고 말았다.

별빛 아래 서 있으니 어머니가 떠올랐다. 어머니는 늘 나보다 먼저 별을 찾아내셨다. 나는 그 손끝을 따라 고개를 들어 밤하늘을 올려다보았다. 그때는 어머니가 왜 그렇게 자주 하늘을 바라보셨는지 헤아리지 못했다. 그저 하늘이 좋아서 그러신 줄로만 알았다.

이제는 어렴풋이 알 것 같다. 바쁜 하루 속에서도 잠시나마 멈추고 싶은 마음, 평온한 풍경 속에서 스스로를 다독이고 싶은 그 마음을. 처음에는 보이지 않던 별이 눈에 들어오듯 나는 그제야 어머니의 마음을 차츰 이해하게 되었다.

나는 한때 어머니를 강한 사람이라 믿었다. 슬픔도 피로도 내색하지 않고 언제나 흔들림 없이 나를 안아 주는 존재였다. 그러나 시간이 지나면서 예전에는 보지 못했던 것들이 눈에 들어오기 시작했다. 지친 눈빛, 다 말하지 못한 표정, 그리고 늘 나를 향해 있던 작은 다정함들. 어머니의 미소 뒤에 얼마나 많은 감정이 숨어 있었는지 나는 너무 늦게야 깨달았다.

별은 늘 그 자리에 있었지만 내가 보지 못했을 뿐이다. 어머니도 마찬가지였다. 그 사랑도, 그 마음도, 그 눈물도 언제나 곁에 있었는데 나는 아직 어려 앞만 보고 달리느라 제대로 바라보지 못했다.

오늘 밤, 나는 별을 올려다보며 마음을 다잡는다. 놓친 후에야 알게 되는 것이 있다면 그 전에 더 자주 바라보고 더 깊이 기억하고 싶다고. 별이 가득한 밤하늘 아래 어머니의 이름을 마음에 새긴다.

익명의 위로

살다 보면 어디서부터 손을 대야 할지 모를 때가 있다. 머릿속은 뒤엉켜 있고 마음은 괜히 좁아진다. 생각은 생각대로 흘러가는데 감정은 한자리에 붙들린다. 딱히 무거운 일이 있었던 것도 아닌데 마음은 자꾸 가라앉는다. 무언가 해야 할 것 같지만 몸이 좀처럼 따라 주지 않는다.

그날도 나는 별다른 이유 없이 검색창을 열었다. 정확히 알고 싶은 게 있었던 건 아니다. 다만 내 안을 채우고 있던 말 한 조각을 적어 보았을 뿐이다.

'사는 게 왜 이렇게 피곤할까.'
'왜 나만 혼자인 것처럼 느껴질까.'
'다들 이렇게 살아가는 걸까.'

대답을 바랐던 건 아니다. 누군가도 같은 물음을 품고 있기를 바랐을 뿐이다. 그러면 나만 이상한 게 아니라는 안심이 찾아올 것만 같았다.

화면에는 수많은 말들이 쏟아진다. 익명의 사람들이 남긴 문장들이 빛바랜 노트처럼 차례로 펼쳐진다. 누군가는 그 시간을 간신히 건너왔고, 누군가는 아직 그 안에서 길을 찾고 있다. 단단한 조언보다도 스쳐 지나가는 문장 하나가 더 마음에 닿는다.

'그럴 수 있지.'
'나도 그랬어요.'

짧지만 생생하다. 글 너머로 사람의 체온이 전해진다. 가끔은 누군가의 문장이 내 생각을 대신 말해 주기도 한다. 나는 그 문장에 이름을 붙인 채 오늘 하루를 통과한다. 화면을 닫아도 그 말은 마음에 오래 남고, 말 한 줄이 내 안에서 방향을 바꾸기도 한다.

그러니 너무 괜찮은 척, 아무렇지 않은 척하지 않아도 된다. 고민이 뚜렷하지 않아도 괜찮다. 말로 다 설명되지 않는 마음일수록 어딘가에 꺼내 두는 일이 필요하다.

누군가의 문장이 나를 살렸듯 내가 남긴 말도 어디에선가

닿아 있을지 모른다. 그저 그렇게 살아 내는 것이다. 묻고 답하지 못하더라도 그 말들이 누군가의 시간 속에서 어둠을 함께 견디는 힘이 될 수 있으니.

편지는 흘러가는 시간에서 소중한 조각을 오려
그 위에 마음을 얹는 일.
사진은 놓치기 쉬운 찰나를 붙잡아
기억의 자리에 가지런히 놓아두는 일이다.

순간을 모아 하루를 채우고
그 하루가 모여 한 달이 된다.

또 한 장의 시간을 접으며
그 추억이 빛바래지 않기를 바라본다.

거절을 배워 가는
마음에게

세 친구가 있다. 그중 한 명은 늘 바쁘다. "뭐 하고 지내?"
라는 물음에 그의 대답은 언제나 같다. "바쁘지. 약속도 있
고, 도와줄 일도 많고…" 그 친구는 누구의 부탁이든 쉽게
거절하지 못해 필요하다는 말이 들리면 선뜻 나선다. 사람
들은 그런 그를 두고 착한 사람이라 말한다.

얼마 전, 그 친구와 오랜만에 술잔을 나눴다. 잔을 기울
이던 중 그가 털어놓은 말이 마음에 오래 남았다.

"나도 사실 거절하고 싶을 때가 많아. 그래도 나를 찾는
다는 건 나를 필요로 한다는 뜻이잖아. 그게 고맙더라고.
그래서 그냥 내가 조금 더 고생하면 그 사람도 고마워하겠
지 싶었어."

나는 그 말을 곱씹으며 한동안 생각에 잠겼다. 살아간다는 건 작은 선택들을 되풀이하는 일이다. 우리는 매 순간 선택을 하고 그 선택들 속에서 거절을 배워 간다. 어떤 선택은 기대와 다르고, 어떤 거절은 관계에 금을 만든다. 선택이 어려운 이유는 항상 정답이 존재하는 것이 아니기 때문이다.

거절이란, 내가 무엇을 더 소중히 여기는지 드러내는 일이다. 하지만 그 말이 누군가에게 상처가 될까 봐 우리는 자주 망설인다. 그러나 거절은 나쁜 것이 아니다. 오히려 나를 위한 건강한 선택에 가깝다. 무리한 부탁 앞에서 고개를 젓는 것은 이기심이 아니라 자기 삶을 지켜 내는 하나의 방법일 수 있다.

모든 부탁에는 수락과 거절, 둘 중 하나의 가능성이 있다. 그리고 거절은 누군가를 거부하는 말이라기보다는 나에게 더 솔직해지는 연습일 뿐이다. 만약 내가 거절했다는 이유만으로 멀어지는 관계라면 그 관계는 이미 마음의 거리가 충분히 멀어져 있었던 게 아닐까.

거절은 때로 "싫어요."라는 의미를 담고 있지만, 나는 그 말을 이렇게 바꾸고 싶다. "나를 위해 조금 더 현명한 선택을 하고 싶어요." 살면서 우리는 무엇을 선택할지뿐 아니라 무엇을 거절해야 할지도 생각해 볼 필요가 있다. 그 과정에서 자신을 조금 더 선명하게 알아 가게 되기도 한다.

거절은 나답게 살아가기 위한 또 하나의 용기다.

조용히 포기하고
조용히 계속하는 사람들

세상은 포기했다는 말을 흔히 무기력한 패배처럼 여긴다. 하지만 어떤 포기는 끝까지 해내는 것보다 훨씬 큰 용기일 때가 있다. 계속 붙드는 일보다 내려놓는 순간에 더 많은 결심이 서기도 한다. 그 일에 들인 시간과 감정, 함께 했던 사람들, 그리고 그것을 이어 오던 자기 자신까지 모두 품에 안고 돌아서는 일이기 때문이다.

아무도 그에게 묻지 않는다.

"왜 바꿨어?"
"그만둬도 괜찮아?"
"후회하지는 않아?"

그래서 그는 더욱 말을 아낀다. 그 말들이 상처처럼 들릴까 봐, 혹은 다시 흔들릴까 봐.

그렇다고 삶이 멈추는 것은 아니다. 포기한 이후에도 그들은 자기 삶을 꾸려 간다. 다른 일을 하고 다른 사람을 만나며 이전보다 단단해진 눈으로 세상을 바라본다. 포기는 끝이 아니라 새로운 시작을 받아들이기 위한 전환이다.

사람은 누구나 무언가를 포기하게 된다. 그것이 꿈이든, 관계든, 스스로 만들어 놓은 기준이든. 그럼에도 하루를 다시 일으켜 세우고 나아갈 수 있다면 그것만으로도 의미 있는 일이다.

나는 지금도 조용히 포기하고 조용히 계속하는 사람들을 떠올린다. 그들은 아무 말 없이 버텨 온 시간으로 자신을 설명해 왔다.

그런 시간은 결코 부끄러운 일이 아니다. 사람은 누구나 어딘가에서는 내려놓고, 또 다른 어딘가에서는 계속해 나간다. 그렇게 삶이라는 것을 조금씩 배워 간다.

빛이 머무를 만큼의
간격

울창한 숲을 올려다본 적이 있다. 푸르게 겹친 잎들 사이로 일정한 틈이 보였고 나는 처음에 그것을 우연이라 생각했다. 그 많은 나뭇가지들이 어떻게 그토록 정교하게 서로의 끝자락에서 멈춰 설 수 있는지 이해되지 않았다. 찾아보니 그 현상에는 이름이 있었다. '수관 기피'라 불리는 것인데, 나무의 수관이 서로 겹치지 않고 일정한 간격을 유지하는 현상이다.

마치 보이지 않는 약속이라도 한 듯 나무들은 더 이상 뻗지 않고 제자리에 멈춰 있었다. 햇살은 그 틈 사이로 고르게 스며들어 아래에 있는 또 다른 생명에게도 빛을 내어준다. 나무는 나무를 해치지 않는다. 간격은 방임이 아니라 배려이고, 침묵은 무관심이 아니라 다정함이다.

사람과 사람 사이에도 나무들처럼 적당한 거리가 필요하다. 가깝다고 마음이 더 깊어지는 것도 아니고, 조금 멀어진다고 정이 옅어지는 것도 아니다. 오래전의 나는 누군가를 소중히 여길수록 더 가까이, 더 자주 곁에 머물러야 한다고 믿었다. 그래야 그 마음이 오래 이어질 것이라 여겼다.

하지만 시간이 흐르며 알게 되었다. 진심은 때로 한 걸음 물러나는 데서 더 또렷해진다는 것을. 무언가를 지키고 싶다면 바라보는 거리도, 머무는 시간도 너무 조이지 않아야 한다는 것을. 상대가 숨 쉴 수 있는 공간을 지켜 주고, 내가 그 사람의 바깥에 서 있어도 마음만큼은 여전히 곁에 있음을 보여 주어야 한다.

적당한 거리는 마음의 그림자를 길게 드리운다. 그 그림자가 맞닿을수록 우리는 겉보다 속을 더 깊이 마주하게 된다. 그러니 만약 함께하고 싶은 사람이 있다면 조금은 멀리서 바라보자. 그가 힘들어할 때 그 거리를 지켜 낸 당신의 자리가 가장 편히 기댈 수 있는 곳이 되어 줄 테니까.

"각자의 자리에서 열심히 살다가 문득 그리운 날엔 이야기해도 좋아. 나는 늘 이곳에 있어. 언제나 네 편이야."

애쓰지 않아도
되는 관계

1. 아쉽거나 필요할 때만 찾는 관계

2. 자꾸 눈치를 보게 되는 관계

3. 관계를 무기로 삼는 관계

4. 은연중에 서열이 정해지는 관계

5. 너무 많은 것을 바라고 실망하는 관계

6. 이해와 애정을 강요하는 관계

7. 서로의 하루를 그다지 궁금해하지 않는 관계

8. 늘 내가 먼저 맞춰야 하는 관계

9. 추억보단 서운했던 일이 더 자주 생각나는 관계

10. 함께하면 할수록 내가 말라 가는 관계

마음의 무게가
기울지 않도록

관계는 일방통행이 아니다. 혼자 아무리 애쓴다 해도 오래 유지될 수 없다. 관계에 최선을 다해 본 사람이라면 한 사람의 희생만으로는 결코 건강한 관계를 이어 갈 수 없다는 것을 안다. 관계는 서로의 진심이 오갈 때 비로소 단단해진다.

만약 한쪽의 배려와 희생만으로 관계가 이어지고 있다면, 아마 그 관계는 오래가지 못하고 곧 끝을 맺게 될 것이다. 한쪽만 노력하는 관계는 언젠가 한 사람이 지쳐 버리고 만다. 누군가는 계속 주어야 하고 다른 누군가는 그것을 점점 당연하게 받아들이게 된다. 그러는 사이 관계에는 서서히 금이 가기 시작한다.

서로 다른 삶을 살아왔기에 완전히 같은 마음을 품을
수는 없다. 그래서 갈등은 자연스럽게 생기기 마련이다. 하
지만 그 어떤 이유로도 누군가의 희생이 당연해져서는 안
된다. 상대방과 나, 어느 한쪽이라도 없으면 '우리'는 만들
어질 수 없다. 관계는 함께 만들어 가는 것이지, 한 사람이
모든 것을 짊어지는 것이 아니다.

결국 관계에는 서로를 향한 인내와 배려가 필요하다. 그
러나 그 마음이 지나치거나 선을 넘게 되면 그 관계는 더
는 나를 위한 것이 아니게 된다. 불편한 감정을 억누르고
상대의 부탁을 거절하지 못한 채 자신을 희생해야 하는 관
계는 어디에도 없다. 나를 아프게 하면서까지 이어 가야
할 관계 또한 없다.

내 마음을 무겁게 하는 것들로부터 멀어지는 것. 나를
힘겹게 하는 관계를 끝내는 것. 그것은 결코 잘못된 일이
아니다.

관계는 함께하기에 의미가 있다. 함께한다는 건 마음을
맞추어 걸음을 나누고, 때로는 서로의 온기를 기억하는 일
이다. 그렇게 나눌수록 짙어지는 행복과 서로를 소중히 여
기는 마음이 끝내 좋은 방향으로 나아갈 수 있기를.

서로에게 의심 없는 행복을 안겨 줄 수 있는 인연을 찾
아 오래도록 함께할 수 있기를 바란다.

3부

다정한 시간의

이름으로

젖은 어깨
위로

입꼬리가 가라앉지 않았으면 한다. 기가 죽어 고개 숙이지 않았으면 한다. 어깨도 활짝 폈으면 좋겠다. 어제의 흔적이 남아 있어도, 지난밤의 고민이 아직 지워지지 않았다고 해도 괜찮다.

그저 오늘 하루만큼은 맑게 살아 내길 바란다. 좋았던 일은 추억이 되고, 그렇지 못했던 일들은 경험이 된다면 무엇이든 괜찮지 않을까. 어떤 선택을 하든, 어떤 길을 걸어가든 우리는 언제나 잘하고 있으며 자라나고 있다.

그러니 당신, 어디에 있든 당당했으면 한다. 뒤돌아보는 순간에도 부끄러움 없이 자신을 마주했으면 한다.

삶이라는 건 결국 그런 것이다. 기쁨과 슬픔이 교차하는 순간 속에서도 그날의 밥을 먹고, 그날의 숨을 쉬고, 그날의 하늘을 바라보며 묵묵히 하루를 채워 가는 것. 그렇게 이어진 하루들이 모여 살아온 시간이 되는 것.

하루에도 몇 번씩 찾아오는 불안과 걱정보다는 작은 기쁨과 따뜻한 순간들을 더 자주 떠올려 보자. 맑은 날만 있을 수는 없지 않은가. 가끔 비가 내린다면 또 어떤가.

어쩌면 그 비는 당신이 사랑하는 것들로 가득 찬 비일지도 모른다. 좋아하는 것들로 흠뻑 젖어 버리면, 어느 순간 자연스레 기쁜 마음들만 채워지고, 그 비조차 곧 반갑게 느껴질 것이다.

그러므로 잘 살고 있다고, 최선을 다해 살아가고 있다고 자주 스스로에게 웃으며 속삭여 주었으면 좋겠다. 묵묵히 걸어가면서도 종종 환하게 웃는 당신은 이미 충분히 용기 있고 멋진 사람이다.

버텨 낸 날들이
전부였음을

참 열심히 살아왔다. 하고 싶은 것을 잘 해내기 위해, 해야 할 일들을 끝까지 마무리하기 위해 애썼다. 조금은 서툴렀고 때로는 조급했지만, 다듬고 채워 여기까지 왔다.

그런데도 가끔은 마치 아무것도 이룬 것이 없는 것처럼 느껴질 때가 있었다. 분명 한 걸음 한 걸음 최선을 다해 걸어왔는데도 설명할 수 없는 공허함이 밀려왔다. 그럴 때면 나 자신이 낯설게 느껴졌고 가던 방향을 잃어버린 것만 같았다.

'잘해 왔다'고 믿었던 그 길이 어느 순간 나 자신으로부터도 부정당하는 듯했고, 내가 쌓아온 시간들이 한순간에 무너지는 망상에 사로잡히곤 했다. 그런 생각들은 천천히 내 마음을 갉아먹었고 나는 나도 모르게 지쳐 갔다.

겉으론 아무렇지 않은 척, 괜찮은 척 웃어 보였지만 사실은 그 속을 감당하기조차 버거울 만큼 무너져 있었다.

되돌아보면, 늘 버티기 위해 애써 왔다. 조금 힘들어도 많이 지쳐도 놓지 않으려 했다. 잠시 손에 쥔 것들을 내려놓아도 괜찮은데. 그렇게 잠깐 멈춰 서서 숨을 고르며 나를 살펴보아도 괜찮은데. 나는 늘 끝까지 밀어붙였다.

세상은 내게 아무 말도 하지 않았지만, 언젠가부터 "멈추면 안 된다"라고 되뇌고 있었다. 무엇을 위해 그렇게까지 버티려 했던 걸까. 그렇게 다잡은 의지가 정말 나를 위한 것이었을까.

물론 살다 보면 이를 악물고 버텨야 할 때가 있다. 하지만 그만큼 멈추어 숨을 고를 시간도 필요하다는 걸 너무 늦게 알아차렸다.

묵묵히 목표를 향해 걸어왔지만 막상 손에 남은 것이 없다고 느껴질 때 그 상실감은 깊고도 날카롭다. 잘 살아 보겠다고, 조금 더 나아지고 싶어서 애써 왔는데 끝까지 붙들고 있던 마음이 결국 무너진다면 그보다 더 슬픈 일은 없을 것이다.

하지만 가만히 생각해 보면, 우리가 바라던 결과를 얻지 못했다고 해서 그 모든 과정이 의미 없었던 것은 아니다. 우리는 분명 무언가를 향해 나아가고 있었고, 그 길 위에서 셀 수 없이 많은 시간과 에너지를 오롯이 쏟아부었다.

그렇게 지나온 순간들은 결코 사라지지 않는다. 어떤 모양으로든 우리 안에 고스란히 남아, 다음 걸음을 내딛게 하는 토대가 되어 준다.

이제는 그렇게까지 버티지 않아도 괜찮다. 잠시 내려놓아도, 조금 느슨해져도, 무너질까 봐 겁내지 않아도 된다. 우리는 이미 수없이 무너졌다가 다시 일어선 사람들이다. 그 무너짐 안에서조차 여전히 살아가고 있었다.

그러니 혹시 무너지는 날이 오더라도, 길을 잃은 것만 같을 때가 오더라도 괜찮다. 분명 다시 일어설 것이다. 그 시간이 쌓여 우리가 끝내 살아가고 있다는 작은 증거가 되어 줄 것이다.

오늘만큼은 조금 더 너그러워져도 좋겠다. 자신에게 다정한 말 하나 건네는 일, 그것으로 충분하다.

고생했어. 정말 애썼어. 그 마음, 정말 소중했어.

모든 걸 완벽히 하지 않아도 괜찮고, 잠시 멈춘다고 해서 실패하는 것도 아니다. 쏟아 낸 노력은 결코 헛되지 않을 테니까.

지금 이 순간을 살아가고 사랑하자. 더 잘하려 하지 않아도, 더 버티려 애쓰지 않아도 좋다. 우리, 있는 그대로의 속도로 지금을 지나가자.

조금만 덜어 내도
괜찮은 것들

1. 나를 타인과 비교하는 행동

2. 아직 오지 않은 내일을 미리 걱정하는 습관

3. 혼자서 모든 것을 책임지려는 마음

4. 괜찮지 않은데도 괜찮은 척하는 모습

5. 스스로를 몰아붙이는 말

6. 이미 지나간 일을 붙잡는 자책

7. 사랑받기 위해 애써 나를 감추는 버릇

8. 잘해야만 한다고 스스로를 재촉하는 조바심

9. 쉬어도 된다는 말을 끝내 믿지 못하는 태도

10. 오늘의 나를 미워하는 생각

발밑에 핀 작은 기쁨을
잊지 않기 위해

좋아하는 말이 있다.

"행운을 찾으려다 행복을 짓밟지 말자."

네 잎 클로버의 꽃말은 '행운', 세 잎 클로버의 꽃말은 '행복'이다. 많은 사람이 네 잎 클로버를 찾느라 발밑에 가득한 세 잎 클로버를 그냥 지나쳐 버린다. 아마 이 말은 그런 모습에서 비롯된 게 아닐까 싶다.

과연 행운과 행복의 차이는 무엇일까. 나는 행운이란 예상치 못한 기쁨이자 뜻밖의 선물 같은 것이라고 생각한다. 행운은 혼자서도 느낄 수 있지만 금세 스쳐 지나가기도 한다.

반면 행복은 주변을 둘러볼 때 더 선명해지는 감정이다.

함께일수록 깊어지고, 나눌수록 배가 되는 감정. 행운은 순간적이지만 행복은 오래 남는다.

행운을 좇다 보면 자칫 발밑에 있던 행복을 놓치기 쉽지만, 행복을 놓치지 않는다면 행운은 언젠가 자연스레 다가올 것이다. 우리는 어쩌면 너무 먼 곳만 바라보느라 이미 곁에 자리하던 소중한 순간들을 지나쳐 왔을지도 모른다.

익숙함 속에 스며 있던 행복을 간과한 채, 더 특별한 무언가를 찾아 헤매느라 눈앞의 기쁨을 놓치고 있었던 건 아닐까.

행복은 늘 가까이에 있다. 따뜻한 말 한마디, 스치듯 마주친 눈길, 사랑하는 사람들과의 순간들 속에서 조용히 반짝인다.

사소한 행복들이 언제나 내 곁을 지켜 주기를. 바쁘게 흘러가는 하루 속에서도 문득 고개를 돌렸을 때 그 온기가 진득이 머물러 있기를. 그리고 그렇게 차곡차곡 쌓인 순간들 사이로, 언젠가 행운도 우연처럼 다가와 품에 안겨 행복과 함께 머무는 나날이 되기를 바란다.

고요함이 주는
선물

조용한 인생이 가장 행복한 인생이다. 별다른 일 없는 하루, 변함없이 반복되는 일상. 우리는 흔히 그런 평범함을 지루하다고 여기지만, 돌이켜 보면 그 무엇보다 귀한 선물일지도 모른다.

삶이 온통 요동칠 때면 우리는 잔잔한 하루를 간절히 바라게 된다. 하지만 그것도 잠시, 다시금 제 발로 자극을 찾아 나선다. 지루함을 견디지 못한 채, 쉴 새 없이 무언가를 갈망하면서.

한 번쯤은 스스로에게 물어야 한다. 아무 소리도 들리지 않는 적막한 곳에서 가만히 하늘을 바라본 적이 있었던가. 고요함을 깊이 마주한 순간이 있었던가.

고요함 속에 있을 때야말로 우리는 스스로와 가장 가까워진다. 어떠한 자극도 없는 시간 앞에서는 자기 자신과 마주할 수밖에 없기 때문이다. 그래서 많은 이들이 조용한 시간을 두려워한다.

할 일이 없다는 불안과 아무것도 하지 않는다는 초조함. 정작 그 시간을 견뎌 온 사람들은 오히려 그 고요함 속에서 내면이 자라난다는 사실을 안다.

고요함은 모든 것을 비추는 거울과도 같다. 그 안에서는 기쁨뿐 아니라 숨겨 두었던 불안과 슬픔도 드러난다. 그러나 그것을 직면해야만 조금 더 단단한 태도로 살아갈 수 있다. 자극에 기대지 않고, 내면에서 스스로를 일으켜 세우는 힘으로.

그러니 가끔은 고요함을 허락하자. 우리를 쉬이 들뜨게 하지도, 지나치게 흔들지도 않는 시간. 그저 잔잔하게 마음을 감싸는 고요 속으로 들어가 보자.

그곳에서 분명 알게 될 것이다. 삶을 풍요롭게 만드는 것은 결코 강한 자극이 아니라는 것을. 진정한 행복은 아주 조용한 곳에서 우리를 기다리고 있다는 것을.

사소한 태도가
우리를 말해 준다

사소한 것들이야말로 가장 많은 진실을 담고 있다. 크고 화려한 것들은 순간적인 주목을 받을 뿐, 시간이 지나면 쉽게 잊힌다. 반면 사소한 것들은 소리 없이 자리를 잡는다. 자신을 드러내려 하지도, 특별한 의미를 강조하지도 않는다. 본래의 자리에서 그대로 존재하며 어느새 우리의 일부가 된다. 이를테면 세상을 대하는 태도나 예의 같은 것들.

태도는 억지로 만들어 낼 수 없다. 어르신께서 서 계시면 자연스럽게 몸을 일으켜 자리를 내어 주는 일. 두터운 친분이 없어도 스쳐 지날 때 가볍게 고개를 끄덕이며 건네는 인사. 뒷사람을 위해 문을 붙잡아 주는 손짓. 이 모든 것은 작고 평범하지만, 한 사람을 나타내는 본질이 된다.

사소한 면면에 마음과 태도가 묻어난다. 이는 손쉽게 익힐 수 있는 것이 아니다. 습관이 되어야 하고, 몸에 배어야 하며, 무엇보다 자연스러워져야 한다.

어느 때에는 사소함이 사람을 살리고 또 어느 때에는 그 반대의 결과를 낳기도 한다. 보이지 않는 행동들이 신뢰를 다져 주는가 하면, 한순간의 무심함이 관계를 허물기도 한다. 이렇듯 우리를 규정하는 것은 거창한 것이 아니다.

소란스럽지 않되 꾸준히 빛나고 사람들의 기억 속에서 쉽게 사라지지 않는 그런 존재가 되고 싶다. 반짝이다 이내 사라지는 폭죽보다, 담담히 자리를 지키며 빛나는 등불에 마음을 더 기대게 될 테니까.

다정한 사람의
특징

1. 좋아하는 것과 싫어하는 것을 모두 기억한다.

2. 사소한 이야기도 흘려듣지 않는다.

3. 감정이 쉽게 요동치지 않는다.

4. 상대의 말을 끝까지 듣는다.

5. 사과를 미루지 않는다.

6. 자리에 없는 사람을 함부로 말하지 않는다.

7. 작은 약속도 가볍게 넘기지 않는다.

8. 농담에도 선이 있음을 안다.

9. 화를 내기보다 이유를 설명한다.

10. 사랑과 관심을 당연하게 여기지 않는다.

내 삶을 스친
인연

나는 정이 많은 사람이다. 늘 사람과 사람 사이의 틈을 살며시 메우려 했다. 누군가에게 상처가 될까 봐, 혹여 나로 인해 마음이 다칠까 봐, 그렇게 삼키고 또 삼켜 내며 살아왔다. 그러다 보니 알게 되었다. 이런 성향이 때로는 나 자신에게 가장 큰 약점이 될 수도 있다는 것을. 그건 남들에게는 다정이었을지 몰라도, 나에게는 감당하기 벅찬 짐이었다.

예전에는 누군가를 밀어내기보다는 마음의 문을 열고 반갑게 맞이하는 순간이 훨씬 많았다. 그래서 사람을 쉽게 믿었고 마음도 쉽게 내주곤 했다. 하지만 선뜻 내어 준 마음이 다치고 난 뒤에는 삼켜 둔 말들과 참아 낸 감정들이 되돌아와 오히려 나를 더 깊이 아프게 했다.

그럴 때마다 스스로를 탓했다.

"왜 또 마음을 열었을까."
"왜 나는 늘 이렇게까지 해야만 하는 걸까."

다시는 쉽게 마음을 주지 않겠다고 다짐하면서도, 나는 어느새 또다시 누군가에게 다가가고 있었다. 그런 나 자신이 때로는 답답하면서도 한편으론 애틋하게 느껴졌다.

나에게 인연은 그 자체로 귀한 것이었다. 나와 맞닿은 인연 중 소중하지 않은 인연은 없다고 믿었으니까. 하지만 인연이란 가까웠다가도 멀어지고, 괜찮다가도 아프고, 알 것 같다가도 모르는 것이었다.

처음에는 이해할 수 없었다. 진심을 다해 붙잡았는데도 인연은 왜 그렇게 허망하게 흩어지는지. 왜 마지막에 남는 것은 언제나 상처뿐인지. 인연이라는 것은 본래 잠시 머물다 떠나는 것임을 그때는 알지 못했다.

그 일을 깨닫고 난 뒤로는 다가오는 인연은 반기고, 떠나는 인연은 담담히 보내려 한다. 억지로 붙잡지도, 그렇다고 억지로 밀어내지도 않으려 한다. 물론 정이 많은 나에게

이 과정들은 여전히 아프다. 그렇지만 이런 나의 성향이 마냥 싫지만은 않다.

사람의 마음에서 나오는 다정함의 힘을 믿는다. 때로는 그 다정함이 상처가 될 수도 있겠지만, 나는 그것이 가진 온기를 안다. 다정한 마음을 지닌 채 살아간다는 것. 어쩌면 그것이 내가 가진 가장 특별한 부분일지도 모른다.

그래서 이제는 애써 나를 바꾸려 하지 않는다. 내 다정함을 다듬고 더듬어 가며, 내 곁에 머물러 주는 사람들에게 조심스럽게 손을 내밀 것이다. 그들에게 먼저 따뜻한 사람이 되고, 그 온기를 천천히 나누며 살아가고 싶다.

세상이 늘 내 마음 같지는 않기에 다칠 때도 있겠지만, 그럼에도 나의 고마운 인연들에게 다정한 사람이 되고 싶다. 나와 당신이 이 순간 맞닿을 수 있음이 감사하다. 나는 우리의 다정함을 사랑한다.

청춘의 조각

청춘의 조각이 뿌리를 내려 곳곳에서 빛을 낸다. 세월에 쫓겨 두고 온 것들이 많아도, 여전히 무언가를 열망하고 바라는 마음으로 최선을 다해 살아가는 우리야말로 청춘이 아닐까. 우리의 청춘이 만발한다. 꿈이 있다면 청춘은 영원하다. 온 마음 다해 우리의 청춘을 응원한다.

잘되면 멋진 결과,

잘 안되면 멋진 시도.

모든 건 다 경험이지.

괜찮아.

결국 잘될 거니까.

잠깐,
창밖을 봐요

누구나 돌아보면, 그 시절에 듣고 싶었던 말이 하나쯤 있었을 것이다. 가령 "그만해도 괜찮아."라든가, "지금도 충분히 잘하고 있어." 같은 말. 그런 말 한마디로 버텼을지도 모를 시절들이 있다.

그러나 시간이 흐르면서, 그 모든 말을 건네며 살아간다는 일이 결코 쉽지 않다는 것을 알게 된다. 말보다 침묵이 편한 날이 더 많고 이해보다 판단이 앞서는 순간이 잦다는 것도. 그러므로 다짐한다. 내가 그토록 듣고 싶지 않았던 말들만큼은, 누군가에게 쉽게 내뱉지 않겠다고.

말은 오래 남는다. 어떤 말은 시간이 지나도 지워지지 않고, 어떤 말은 마음 한편에 박혀 한 사람의 숨을 오랫동안 무겁게 만든다. 그래서 말은 언제나 조심스러워야 하고 따뜻해야 한다.

오랜만에 단골 카페를 찾은 날이었다. 빛이 잘 드는 창가에 앉아 커피를 기다리는데, 가게 한쪽 구석에 웅크리고 있는 사람이 눈에 들어왔다. 노트북 화면을 멍하니 바라보던 그는 한동안 손가락을 움직이지 못했고, 식어 가는 커피잔 옆에 놓인 시간만 덧대고 있는 듯했다.

낯선 사람이었지만 낯설지 않았다. 한때의 나도 그러했기 때문이다. 글을 써야 하는데 아무 말도 꺼내지 못하고 한참을 노트북 화면만 바라보던 시간들. 그때의 나는 누군가가 다가와 이렇게 말해 줬으면 했다.

"괜찮아요. 천천히 해도 돼요. 그 자리에 있는 것만으로도 충분해요."

커피를 받아 들며 생각했다. 익숙하지 않은 친절은 외려 부담이 될지도 모른다고. 하지만 아주 가끔은, 정말 사소한 말 한마디가 사람을 오래 지탱해 주기도 한다.

그의 테이블 옆을 지날 때 나도 모르게 말이 흘러나왔다.

"잠깐, 창밖 구경하고 오는 건 어때요."

그는 고개를 들었고, 잠시 망설이다가 작게 미소를 지었다. 문득 그런 생각이 들었다. 내게도 그런 말을 건네준 사람이 있었다면 어땠을까. 말없이 다가와 괜찮다고 등을 다독여 주는 이가 있었다면 지금의 나는 조금 더 부드럽게 자라났을까. 세상을 덜 두려워했을까.

그러므로 바란다. 누군가의 마음이 움츠러들어 있을 때 그 곁을 지나는 사람이 큰 위로가 아니더라도 그 마음을 알아봐 주기를.

우리는 저마다의 시간 속에서 버티며, 때로는 제자리에서 한참을 머물다 하루를 건넌다.

어른이 된다는 건 거창한 무언가를 이루는 일이 아니라, 그 시간을 지나온 끝에 조금 더 다정해지는 일인지도 모른다. 우리는 여전히 서툴고 여전히 흔들린다. 그럼에도 서로를 위로할 수 있다는 사실이 얼마나 다행인지.

어쩌면 오늘 내가 건넨 이 작디작은 말 한마디가 언젠가 또 다른 사람에게로 이어지는 온기가 될 수 있다. 삶은 그렇게 이어진다. 말 없는 다정함, 조용한 응원, 그리고 잠시 멈춰 바라보는 창밖의 풍경.

그것만으로도 누군가는 마음을 추스르며 하루를 견딜 수 있는 거라면, 우리가 해야 할 일은 그리 어렵지 않은 것인지도 모른다. 그러니 당신, 너무 움츠러들지 않았으면 한다. 지금의 슬픔이 당신을 붙잡는 그늘이 아니라, 어딘가로 향하기 전 잠시 머무는 저녁 햇살이기를 바란다.

그리고 언젠가 당신이 당신을 닮은 누군가 앞에 서게 된다면, 그때는 웃으며 말해 줄 수 있기를. 그렇게 살아가면 된다고. 나 역시 그렇게 믿으며 살아가고 있으니.

아무도 모르게
지나온 하루

사람의 하루는 언제나 눈에 보이는 것들로만 채워지지 않는다. 입 밖으로 꺼내지 못한 말과 한 번 더 생각하다 지워 버린 메시지, 불을 끄지 않은 채 방 안을 서성였던 시간 같은 것들도 그 하루를 이룬다.

그런 것들은 기억 속에서도 또렷하게 남지 않는다. 사진처럼 기록되지도 않고, 누군가에게 이야기로 전해지지도 않는다. 그저 하루의 뒤편에서 아무도 모르게 지나가 버릴 뿐이다.

그러나 삶은 바로 그런 순간들로 조금씩 모양을 갖춰 간다.

그러므로 아무 일도 하지 못한 것처럼 느껴지는 어떤 날도, 사실은 눈에 보이지 않는 일들을 건너온 하루였을지도 모른다.

세상은 늘 결과만 또렷하게 보여 주지만 당신의 하루는 그보다 훨씬 많은 것들을 지나왔다. 아무도 모르게 견뎌 낸 순간과 아무 말 없이 흘려보낸 시간들, 그 모든 것들이 오늘의 당신을 데려온 것이다.

마음이 무너질 때
붙드는 생각

1. 지금의 감정이 전부는 아니다.

2. 잘 풀리지 않는 날도 흘러간다.

3. 한 번 흔들렸다고 해서 무너진 것은 아니다.

4. 나를 포기할 이유는 아직 없다.

5. 다시 시작해도 늦지 않다.

6. 지금은 잠시 흔들리는 것뿐이다.

7. 모든 날이 항상 좋을 수만은 없다.

8. 지금의 아픔도 결국 지나갈 한 장면이다.

9. 숨을 고르는 시간도 필요하다.

10. 방황하는 것이 아니라 산책하는 것이다.

꽃 한 송이가
전하는 위로

그날은 햇살이 유난히 밝았고, 그 길 위에서 나는 꽃 한 송이를 우연히 마주했다. 평소라면 무심히 지나칠 풍경이었지만 그날만큼은 그 앞에서 발걸음이 떨어지지 않았다. 가녀린 모습으로 서 있던 그 꽃이 내 마음 깊은 곳에 작은 울림을 남겼기 때문이다. 오랜 기다림 끝에 피어났을 그 모습은 내 마음 어딘가에 감춰 두었던 기억과 닮아 있었다.

그 이후로 나는 종종 꽃집을 찾게 되었다. 길가에서 마주쳤던 꽃 한 송이가 내 마음의 닫혀 있던 문을 열어 주었다. 그 문 너머에는 그동안 얼마나 많은 말을 꾹 눌러 담아 두고 살아왔는지가 고스란히 담겨 있었다. 나는 꽃을 고를 때마다 나 자신을 고르는 듯 더욱 신중해졌다. 손끝으로 꽃잎을

만지며 오늘의 마음은 어떤 빛깔을 띠고 있는지, 지금의 나를 닮은 향기는 무엇인지 곰곰이 헤아려 보곤 했다.

꽃을 건네는 일은 결코 가볍지 않다. 꽃 한 송이에는 무수한 이야기들이 숨어 있다. 말로 다 전하지 못한 위로와 고마움, 때로는 조심스럽게 건네고 싶은 서툰 사과까지. 꽃을 들고 누군가를 향해 다가설 때면, 나는 늘 마음 가장 깊은 곳에서부터 용기를 내고 있음을 느낀다.

꽃이 전하는 위로는 말이 없다. 그래서 더 깊이 와닿는다. 꽃은 아무 말 없이 그 자리에 피어나, 존재만으로도 보는 이의 마음을 어루만진다. 사람의 마음도 다르지 않다. 굳이 말하지 않아도 서로의 온도를 느끼고, 곁에 머무는 것만으로도 충분한 위로가 되기도 한다. 나는 그런 소리 없이 전해지는 위로의 힘을 알게 되었다.

그날도 소중한 사람에게 꽃을 건넸었다. 그는 처음엔 조금 놀란 듯했지만 이내 활짝 웃으며 말했다. "오늘 이 꽃 덕분에 하루 종일 마음이 따뜻할 거야." 그 말을 듣는 순간, 꽃을 받은 사람의 얼굴만큼이나 내 마음도 환해졌다. 그때 깨달았다. 꽃을 주고받는 일은 단순한 선물이 아닌 서로의 마음을 건네는 일이라는 것을.

이제 나는 나 자신에게도 가끔 꽃을 선물한다. 세상에 지쳐 작은 위로가 필요할 때면 꽃집으로 향한다. 나를 위한 꽃을 손에 쥐고 돌아오는 길, 스스로에게 속삭인다. 삶은 피고 지는 꽃과 닮아 있다고. 늘 완벽하지 않고 시들기도 하지만, 다시금 피어나기 위해 힘을 모으는 과정이라고.

꽃을 곁에 둔다는 것은 살아갈 힘을 얻기 위한 다짐이다. 꽃이 놓인 공간에 서 있으면 나도 다정하고 따뜻한 사람이 되고 싶어진다. 오늘도 나는 작은 생명력을 품은 꽃 한 송이를 집으로 데려온다. 그 꽃 속에 말없이 담아 둔 이 마음이, 언젠가 누군가의 마음에도 다정히 닿을 수 있기를 바라며.

빈틈을 덮는
마음 하나

손을 뻗어 내 것이 아닌 것을 움켜쥘수록 마음은 허전해지고 더 가지지 못할까 불안해진다. 반면 가진 것을 기꺼이 나누는 사람을 보고 있으면 이상하리만치 마음이 편안해진다. 그들은 주면서도 잃었다고 생각하지 않는다. 도리어 자신이 가진 것이 누군가에게 닿아 따뜻한 손길이 될 수 있음을 알고 있다.

받은 만큼은 나눌 줄도 알아야 한다. 그것이 꼭 물질일 필요는 없다. 다정한 말 한마디, 작은 배려, 때로는 미소 하나만으로도 우리는 서로의 결핍을 덮어 줄 수 있다. 그런 손길들이 모인다면 세상은 지금보다 조금 더 따뜻해지지 않을까.

우리는 모두 저마다의 결핍을 안고 살아간다. 누군가는 사랑이, 누군가는 믿음이, 또 누군가는 기회가 모자란 채로 하루를 건넌다. 하지만 누군가의 모자란 한 조각을 채워 줄 때 그 빈자리는 더 이상 쓸쓸하지 않다. 그렇게 서로를 보듬으며 살아가는 일은 그 자체로 충분히 아름답다.

오랜 시간이 흘러도 놓지 않는 손, 말없이도 고스란히 전해지는 온기. 마치 긴 세월을 함께해 온 부부가 묵묵히 서로를 의지하는 모습처럼, 그런 관계와 마음이 우리 곁에도 자연스레 머물면 좋겠다.

주고받으며 균형을 이루는 사람들, 온기를 품은 사람들이 많은 세상. 나는 우리가 그런 온도에 익숙해지기를 바란다. 서로를 향한 다정함이 낯설지 않고 온기가 불편하지 않은 삶. 누군가의 손을 잡아 주는 일이 당연한, 그런 온기 가득한 세상에 살고 싶다.

우리를
웃게 하는 말

1.   "언제나 네 편이야."

2.   "같이 가자."

3.   "네가 좋다니 나도 좋다."

4.   "그때 네 생각 많이 나더라."

5.   "마음고생 많았겠네. 말해 줘서 고마워."

6.   "다음에는 어디 갈까?"

7.   "얼굴 보니까 좋다."

8.   "네가 그랬다면 그만한 이유가 있었겠지."

9.   "무슨 일 있으면 아무 때나 전화해."

10. "네가 있어서 정말 다행이야."

다정한 시간의
이름으로

함께했기에 행복했고,
함께였기에 소중했다.
나는 당신 덕분에
서툴러도 반짝이며 살 수 있었다.
진심으로 고맙고, 고맙다.

사소함의
무게

너무도 많은 것을 당연하다고 여기며 살아왔다. 어쩌면 그것은 나도 모르게 체득된 삶의 언어였는지도 모르겠다. 문을 잡아 주면 "고맙습니다."라고 말하고, 어깨를 스치면 "죄송해요."라고 말하는 일. 그런 작은 행동들이 세상을 더 나은 쪽으로 이끈다고 믿었기에 그리해야 마땅하다고, 그래야 서로가 덜 상처받는다고 생각했다.

하지만 삶이 늘 같은 언어로만 응답하는 것은 아니다. 내가 내민 손길에, 내가 기대한 대답에 조용한 공백이 스며드는 순간에야 깨닫는다. 세상에는 '당연한 것'이 하나도 없었다는 사실을.

건강도, 매일 무탈하게 오르내리는 숨결도, 내 곁을 지켜 주는 이의 살가운 말 한마디도, 무언가를 이루기 위해 내가 들인 수고와 시간조차도. 모든 것은 그저 '있어서' 존재하는 것이 아니라, 무수한 우연과 노력이 만나 이루어진 결과라는 것을 비로소 느끼게 된다.

아무리 애써도 엉켜 버리는 날이 있고, 최선을 다했어도 무너지는 순간이 있으며, 변하지 않을 것 같던 마음도 시간 앞에서는 서서히 희미해진다. 그러므로 우리는 '고맙다'는 말을 더 자주 해야 한다. 그리고 '미안하다'는 말도 스스럼없이 꺼낼 수 있어야 한다. 당연하다고 여겼던 것들이 언제든 내가 감당하지 못할 무게가 될 수 있음을, 그제야 배우게 된다.

관계도 마찬가지다. 항상 옆에 있어 줄 거라 믿었던 사람과 늘 나를 먼저 챙겨 줄 거라 여긴 사람. 그들도 언젠가 조용히 멀어질 수 있다. 그러니 오늘 내 곁에 누군가가 있다면 결코 당연하지 않은 그 존재에게 따뜻하게 인사를 건네야 한다.

주어진 모든 것들이 사실은 당연하지 않다는 것을 인정하는 일. 그 깨달음은 나를 더 겸손하게 만들고 삶을 더 다정히 바라보게 한다.

누군가의 조심스러운 배려가 내 하루를 붙잡아 준 적이 있다. 작지만 깊은 친절이 마음에 잔잔한 물결을 만들었다. 그 물결은 언젠가 내가 지친 누군가에게 또 하나의 파도가 되어 닿았을지도 모른다.

그렇게 당연하지 않은 것들이 모여 서로의 삶을 지탱한다. 내가 받은 작은 온기가 다시 누군가의 어둠을 밝혀 주는 불빛이 되는 일. 그런 것들이 우리를 살아가게 한다.

나는 오늘도 익숙한 것들에게 인사를 건넨다. 다시 올 줄 알았던 모든 아침에게, 늘 내 곁에 있어 주는 사람들에게, 그동안 미처 고맙다 말하지 못했던 모든 순간에게.

"정말, 고마워."

당신의 밤에
남아

물속에 잠긴 돌멩이 하나를 꺼내는 일에 집중하다 보면,
어느새 내가 왜 그 자리에 있었는지는 기억하지 못한 채
손끝에 닿는 차가움만을 느끼게 된다. 사람의 마음도 그
렇다. 겉으로는 아무렇지 않아 보여도 속은 오래도록 젖어
있었는지도 모른다.

누군가의 마음이 무거워 보일 때는 그 무게를 재려 하기
보다 말없이 곁에 앉아 있어 주는 일이 가장 다정한 위로
가 되기도 한다.

"괜찮아?"라는 말이 조심스러워지는 순간, 등을 기대
쉴 수 있는 자리를 내어 주고 같은 곳을 바라보며 침묵을
나누는 것. 그렇게 곁에 있다는 사실만으로 위로가 되는

마음이 있다.

오래전부터 아무 말 없이 곁을 지켜 온 사람이 있다면 그는 당신의 말보다 숨결을, 표정보다 기분을 먼저 알아챘을 것이다.

누구나 언젠가 기댈 어깨 하나가 필요한 밤을 마주하게 된다. 그런 밤에는 곁에 있어 주는 것만으로도 충분하다.

그러니 꼭 무언가를 말하지 않아도, 마음이 먼저 닿을 수 있도록 그저 곁에 머물러 주면 된다. 당신의 하루 끝에도 묵묵히 마음의 불을 밝혀 주는 사람이 오래도록 함께하길 바란다.

함께한 순간들을 많이 담아 두자.

마음이 지치는 날,

그 사진들이 우리를 다시 웃게 할 테니.

기억은 흐려질지라도

그때의 소중했던 마음만은 오래 간직할 수 있기를.

나에게도
다정할 수 있기를

행복해지려는 일에는 유독 인색하면서 정작 상처와 아픔에는 지나치게 너그러웠던 것 같다. 상처에는 그럴듯한 이유를 붙이고, 아픔에는 견뎌야 한다는 명분을 세워 스스로를 합리화했다. 아픔을 견뎌 내고 나면 한 걸음 성장하여 내면이 성숙해질 거라고 믿었다.

그러나 정말로 아픔 뒤에 깨달음이 있다는 이유만으로 상처에 관대해져도 괜찮은 걸까. 정말, 상처를 받아도 괜찮은 걸까.

자주 잊는 것이 있다. 나와 당신은 아픔을 딛고 일어설 때만 성장하는 존재가 아니라는 사실이다. 물론 상처를 통해 깨닫고 그 안에서 한층 성숙해질 수도 있다. 하지만 반드시 아픔이 있어야만 앞으로 나아갈 수 있는 건 아니다. 상처를 받지 않고 다치지 않고도 충분히 단단해질 수 있다. 세상에 그 누구도 이유 없이 아파야만 하는 사람은 없다.

그럼에도 늘 아픔에 익숙해진 채 살아간다. 상처를 견디는 걸 강함이라 착각하고, 버티는 걸 당연하게 여긴다.

행복을 향해 마음을 열고 스스로에게 조금 더 너그러워져도 된다. 기쁨 앞에서 주저하지 않고 행복해지는 일에 머뭇거리지 않았으면 좋겠다. 그렇다고 나를 힘들게 하는 순간과 상황들로부터 도망치라는 말은 아니다. 타인에게 관대하듯 다정을 베풀고, 그의 행복을 바라듯 나 자신에게도 그만큼 따뜻해져도 괜찮다. 나의 마음은 내가 제일 잘 알 테니까. 다른 사람들만큼이나 나도 사랑받아야 할 존재다. 부디 그 마음을, 오래 기억하기를 바란다.

한참 동안
행복 속에서

쌓여 온 기쁨이 어느 순간 삶의 틈 사이로 번져 자연스럽게 스며들기를 바랍니다.

마음 깊은 곳까지 따뜻하게 배어 당신의 하루를 은은하게 밝혀 주는 빛이 되었으면 합니다.

나는 당신이 잔잔한 행복 속에서 한참을 머물기를 바랍니다. 무언가를 애써 붙잡지 않아도 되는 시간, 그저 지금의 온기를 느끼며 자신의 속도로 숨 쉴 수 있기를.

그렇게 스며든 기쁨이 당신의 날들을 단단하게 지탱해 주는 힘이 되어, 어느 날 문득 돌아보았을 때 당신을 밝혀 온 빛으로 오래도록 유영하기를 바랍니다.

여름보다 뜨거웠던
하루 끝에

저마다의 어깨 위에 올려진 삶의 무게.
쳇바퀴처럼 굴러가는 하루 끝에서
지친 발걸음을 옮기는 우리.

몇 번이나 멈추고 싶었던 순간에도
자리를 지키며 오늘의 몫을 끝까지 건너왔고,
마음이 따라주지 않는 시간 속에서도
해야 할 일들을 하나씩 마주했다.
묵묵히 버텨 내야 했던 시간도
우리는 끝내 지나왔다.

뜨거운 햇볕 아래를 걸어온 것처럼
숨이 턱 막히는 하루였을지라도,

포기하지 않고 하루 끝에 도착해 있다는 것.

여름보다 뜨거웠던 우리의 도전.

어떻게 대견하지 않을 수 있을까.

고생한 당신의 밤이

부디 쓸쓸하지 않기를.

걱정 없이 뒤척이지 않고

단잠에 푹 빠졌다가

날이 밝으면

또 하루를 잘 살아갈 수 있기를.

오늘 내가 할 일

1. 내 행복 챙기기

2. 보고 싶은 사람들 보기

3. 아프지 않기

4. 잘 먹고 잘 자기

5. 좋아하는 음악 한 곡 듣기

6. 오늘 있었던 일 중 괜찮았던 순간 떠올리기

7. 나 자신에게 다정한 말 한마디 건네기

짧은 인사에
담긴 약속

누군가가 어딘가를 떠날 때마다 우리는 짧은 인사를 남
긴다.

"나 갔다 올게."
"조심히 가."
"잘 가."

평소엔 습관처럼 흘려보내는 말들이다. 하지만 자세히
들여다보면 그 안에는 작은 기도가 깃들어 있다.

'아무 일 없이 돌아오기를.'
'다치지 않고 도착하기를.'
'오늘 하루도 무사하기를.'

한 치 앞을 내다볼 수 없는 세상이다. 누군가는 아침에 집을 나선 뒤 끝내 돌아오지 못한 채 추억의 대상으로 남기도 한다. 그래서 우리는 헤어지는 순간마다 서로의 무탈함을 빌고, 다시 만날 수 있기를 바라며 소박한 안부를 전한다.

“나 갔다 올게.”라는 말은 무사히 돌아오겠다는 다짐이자, 당신이 기다릴 수 있도록 내가 끝까지 잘 다녀오겠다는 약속이다. “조심히 가.”라는 말은 길 위의 모든 변수 속에서도 당신이 안전하기를 바라는 내 마음의 등불이다.

이 짧은 문장들은 언젠가 다시 마주할 수 있기를 바라는 마음, 그 말이 마지막 인사가 되지 않기를 바라는 간절함, 그리고 오늘 하루 당신도 나도 무사하길 바라는 소리 없는 진심이다.

그러니 헤어지는 순간에도 다정한 말을 아끼지 말자. 말이 다다르지 못한 곳까지 마음이 가닿아 당신을 지켜 줄지도 모르니.

오늘도 무탈하기를. 부디 돌아오는 길 위에서 우리가 다시 만나기를 바란다.

쓸쓸하지 않았으면 좋겠어요,
당신도

당신도 누군가의 쓸쓸함을 바라본 적이 있을까. 살아간다는 건 끝없는 선택의 연속 속에서 자신만의 이야기를 써 내려가는 일이다. 그 수많은 선택 사이에서 어제의 내가 만들어졌고, 오늘의 내가 서 있다. 아직 도착하지 않은 내일의 나는 과연 어떤 얼굴을 하고 있을까. 행복하게 웃고 있을까, 아니면 왠지 모르게 쓸쓸한 표정을 짓고 있을까.

나는 누군가의 쓸쓸한 뒷모습을 바라볼 때면 문득 마음 한편이 공허해진다. 어쩌면 그 속에서 쓸쓸함을 품은 예전의 나를 다시 보게 되기 때문일지도 모른다. 그래서일까. 어딘가 지쳐 보이는 사람의 눈빛이나 홀로 걷는 이의 발걸음에도 시선이 머문다.

위로가 필요한데 아무도 곁에 없는 것 같아 더 힘들게 느껴지는 시간. 그때마다 마음은 더없이 쓸쓸하고 아프기만 하다.

그래서 오늘, 내가 당신에게 건네고 싶은 말은 아주 조심스럽고도 단순한 한마디다. 당신은 혼자가 아니라는 것.

물론 나는 당신의 삶을 온전히 알 수 없다. 지나온 시간 속에서 어떤 이야기를 품고 살아왔는지 감히 헤아릴 수 없다.

그럼에도 지금, 이 글을 전하는 내 마음이 당신에게 닿기를 바란다. 잔잔한 위로처럼, 포근한 손길처럼 당신의 하루 한 귀퉁이에 머물 수 있기를.

동시에 그간 나를 바라봐 주고, 힘겨운 순간마다 내 손을 꼭 잡아 주던 이들에게 이 자리를 빌려 고마움을 전하고 싶다. 누군가의 쓸쓸함을 헤아린다는 것은 그 자체로 진심이 담긴 일이기 때문이다.

기억해 주었으면 한다. 당신 역시 누군가의 눈빛 속에 오래도록 머무는 사람이라는 것을.

당신을 묵묵히 응원하는 마음이 있다.

바라건대 당신의 삶이 자주 쓸쓸하지 않기를.
그 마음만은 꼭 잊지 않기를 바란다.

4부

더딘 걸음에도
빛나는 마음

추억으로
채우는 삶

나는 오랫동안 인생을 숙제처럼 살아왔다. 시간이 흐르고 나이를 먹고 나서도 여전히 그 답을 찾아 헤매고 있는 듯하다. 어느덧 이십 대 중반이 되어 보니 삶이 더 버겁게 느껴진다. 어쩐지 얼른 자리를 잡아야 할 것만 같고 책임져야 할 무언가는 자꾸만 늘어난다. 누군가에게 무시당하지 않으려 뭐라도 더 해야 할 것 같았다. 더 빠르게, 더 확실하게, 더 완벽하게.

그런데 참 이상하다. 그 모든 기준은 어디에도 정해져 있지 않은데 말이다. 사실 아무도 그런 것들을 강요한 적은 없었다. 생각해 보면 그 기준은 결국 내가 세운 것이었다. 나는 이십 대에 무엇을 이뤄야 하고, 언제쯤 자리를 잡아야 하며, 이 나이에는 어떤 모습이어야 하는가를 정해 두고 스스로에게 줄곧 틀을 씌우고 있었다.

그러다 보니 삶이 마치 세상이 내게 내민 숙제처럼 느껴졌고, 나는 그 숙제를 부지런히 풀어 가는 사람이 되어 있었다. 스스로 만든 잣대로 나를 끊임없이 평가했으며 그 기준에 가까워지기 위해 나 자신을 밀어붙였다. 분명 열심히 살아왔고 그 과정에서 이룬 것들도 있었지만, 정작 행복하다는 감정은 좀처럼 느껴지지 않았다. 대신 압박감과 책임감만이 자리를 채우고 있었다.

그래서 이제는 앞으로의 삶을 숙제가 아니라 여행처럼 살아가고 싶다. 더는 '어떻게 살아야 하는가'라는 틀 안에 갇혀만 있기보다 '지금 이 순간을 어떻게 느끼는가'를 나의 기준으로 삼고 싶다.

삶은 계속되고 나는 앞으로도 수많은 길을 걸어갈 것이다. 그러니 이제는 그 길 위에서 마주하는 감정 하나하나에 머물며 조금 더 자유롭게 나를 살아 내고 싶다. 살아감은 또 하나의 추억이 될 테니까. 기왕이면 행복하게, 내가 바라던 일들과 즐거움이 함께하는 순간들로 삶의 장면을 빼곡히 채우고 싶다.

놓쳤기에
만날 수 있었던

알고 지내던 카페 사장님과 만나기로 한 날이었다. 일찍 자고 여유롭게 일어나 준비하고 싶었지만, 전날 밀린 일들이 쌓여 있었다. 해야 할 것들을 모두 마치고 나니 이미 한밤중이었고, 꽤 늦은 시각이 되어서야 잠자리에 들었다. 그리고 예상했던 대로 아침엔 늦잠을 잤다. 반쯤 감긴 눈을 억지로 뜨고 급히 샤워를 마친 뒤 손에 잡히는 것들만 가방에 챙겨 거의 뛰다시피 집을 나섰다. 하지만 결국 타야 할 버스를 놓쳤다.

이마에 맺힌 땀방울이 미끄러지듯 흘러내렸다. 하루가 시작되기도 전에 무언가 어긋난 듯한 기분. "왜 이렇게 되는 일이 없을까." 괜히 혼잣말처럼 중얼거리게 되는 그런 날. 마치 처음부터 어딘가 틀려 버린 느낌이었다. 물론 그런 투정이 별다른 변화를 만들어 주지는 않았지만.

뒤틀린 마음으로 다음 버스에 몸을 실었는데 예상치 못한 만남이 나를 기다리고 있었다. 오랜만에 보고 싶었던 친구가 거기에 있었다. 언제 한번 보자고 말만 해 놓고 계속 만남을 미뤄 왔던 친구였다. 반가운 와중에 마침 내 옆자리가 비어 있었다. 그는 아무렇지 않게 그 자리에 앉았다.

"진짜 우연이다. 요즘 어떻게 지내?"

우리는 버스가 목적지에 닿을 때까지 진심 어린 안부를 주고받았다. 그러다 문득 생각했다. 처음 버스를 놓치지 않았다면 이 만남은 없었겠구나. 아마 우리는 또다시 '언제 한번 보자'는 말만 흔적처럼 남기고 흩어졌을지도 모른다.

카페에서 미팅을 마치고 자리에 앉아 글을 쓰다 보니, 아침에 놓쳤던 버스가 이상하게 고맙게 느껴졌다. 나는 늘 무언가를 계획대로 하지 못하면 하루가 엉망이 된 것처럼 여겼다. 하지만 오늘 알게 되었다. 조금 늦어도, 조금 돌아가도 꼭 나쁜 일만 있는 건 아니라는 걸.

때로는 무언가를 놓쳤기에 생겨나는 일들이 있다. 어긋남의 틈 사이로 새로운 인연이 스며들고 뜻밖의 기회가

찾아오기도 한다. 그러니 삶이 계획대로 흘러가지 않을 때
는 조금쯤 느려져도 괜찮다. 다 틀어졌다고 생각한 하루에
도 그 나름의 아름다운 이유가 숨어 있을지 모르니까.

오늘도 무언가를 놓칠지도 모른다. 그러나 놓쳤기에 만
나게 되는 일이 있고, 그 만남들이 차츰 내 삶을 바꾸고
있다.

별이 없는 밤의
낭만

사람마다 오래 남는 풍경이 있다. 누군가에게는 가슴에
깊이 스며든 장면이 또 다른 누군가에게는 아무렇지 않은
흔적으로 남기도 한다. 같은 장소에서 같은 시간을 보냈더
라도 마음에 남는 감정의 결은 제각각이다. 무엇을 보았는
가보다 그 순간 마음이 어떠했는지가 더 오래 머문다. 그날
의 온도와 공기, 말투, 그리고 함께였던 사람들. 그래서 인
상 깊은 장소는 언제나 감정과 함께 기억된다.

지금도 마음속에 선명하게 떠오르는 밤이 있다. 친구 두
명과 함께 별을 보겠다며 군산으로 향하던 길이었다. 운전
대를 잡은 친구는 들뜬 목소리로 말했다.

"거기 진짜 좋아. 내가 아끼는 별 구경 명소야. 너희한테

꼭 보여 주고 싶었어."

그러나 출발한 지 얼마 되지 않아, 우리가 가장 걱정하던 일이 벌어졌다. 창밖으로 빗방울이 하나둘 떨어지더니, 이내 하늘이 잿빛 구름으로 가득 찼다. 별을 보러 간다던 길 위에서 별은 조금씩 사라지고 있었다. 우리는 잠시 망설였다. 이대로 돌아갈까, 그래도 가 볼까. 그러다 누가 먼저랄 것도 없이 다시 차에 올랐다. 차 안에는 노래가 흐르고 있었고 우리는 말없이 웃으며 여행을 이어 갔다.

도착한 바다는 생각보다 고요했다. 하늘은 여전히 흐릿했지만 그 순간만큼은 우리도 제법 괜찮은 사람들이었다. 그때 한 친구가 신발과 양말을 벗더니 질척이는 모래 위로 성큼성큼 걸어 들어갔다. 뒤돌아본 친구는 웃으며 말했다.

"계획대로 되지 않는 게 인생이니까. 그렇다고 이 순간을 버릴 필요는 없잖아. 이것도 낭만이지. 이런 순간이 또 언제 오겠어."

그 말에 나도 신발을 벗었다. 모래가 발바닥에 들러붙는 감각이 왜 그렇게 웃기고 좋던지. 우리는 말미잘을 주워 들고 조개껍질을 주머니에 넣으며, 미역을 발견할 때마다 마치 보물을 찾은 듯 들떴다. 그날 밤, 별은 없었지만 우리는 우리만의 기억을 별처럼 쌓아 올렸다.

돌아오는 차 안에서는 처음에 꺾였던 기대가 어느새 가볍고 따뜻한 마음으로 바뀌어 있었다. 알겠다. 행복은 꼭 기대했던 장면에서만 태어나는 것은 아니라는 걸. 계획이 어긋나고 빛이 사라져도 때로는 그 빈자리에 웃음이 들어차기도 한다는 걸.

누군가에게는 아무 일도 아닌 하루였을지 모르지만 내게는 오래도록 빛날 밤이었다. 별 하나 없던 그날의 바다에서 오히려 우리가 빛나고 있었다.

믿음은
마음먹기 나름이죠

사실인지 아닌지 알 수 없는 것들이 있다. 그런데도 우리는 이상하게 그것들을 '사실'인 듯 품고 살아간다. 어디선가 들려온 말들, 누가 그렇게 말하더라 하는 이야기들이 아무런 의심 없이 마음속에 자리를 잡는다. 언제부터였을까. 우리는 그 말들에 고개를 끄덕이며 조심하고, 피하고, 믿고, 때로는 두려워하기까지 한다.

이를테면 빨간색으로 이름을 쓰면 죽는다는 말. 숫자 4는 불길하고 7은 행운을 부른다는 이야기. 좋은 꿈을 꾸면 로또를 사고 나쁜 꿈을 꾸면 하루 종일 뒤를 돌아보며 걱정하는 일. 남자는 세 번만 울어야 한다는 말까지. 사실은 아무것도 증명 안 된, 그저 누군가가 재미 삼아 만들어 낸 속설들이다. 그럼에도 우리는 마치 오래된 신화처럼 그 말들 속에 나를 집어넣는다. '혹시나' 하는 마음으로.

어느 날 친구가 내게 물었다. "빨간색으로 이름을 쓰면 안 된다잖아. 그런데 빨간색으로 이름을 일곱 번 쓰면 어떻게 될까?" 나는 잠시 말문이 막혔다. 어쩐지 오래 믿어 왔던 균형이 그 한마디에 와르르 무너지는 것만 같았다.

생각해 보니 그랬다. 생각의 방향을 조금만 바꾸면 믿어 왔던 어둠에도 빛이 스며들 수 있다. 두려움이라 믿었던 것이 사실은 어딘가를 향한 간절함의 다른 이름일지도 모른다. 남자의 눈물은 '참음'의 증거가 아니라 감정에 진실하게 반응하는 것이다. 다 그렇게 생각하기 나름이고 마음먹기 나름이다. 어떤 말도 어떤 시선도, 내가 어떤 마음으로 품느냐에 따라 모양을 달리한다.

그래서 이제는 조금 다르게 믿어 보기로 했다. 세상이 나를 미워하기만 하지는 않을 거라고. 세상이 내 편이 될 수 있는 순간도 분명 있다고. 빨간 글씨로 이름을 일곱 번 쓰는 일은 죽음을 부르는 저주가 아니라 스스로를 일곱 번 다독이는 행위일 수도 있다고. 누군가는 오늘도 내 이름을 마음속에서 부르고 있을 것이다. 내가 누군가를 향해 기도하듯이.

세상이 나를 그렇게까지 매몰차게 외면하지는 않을 거라고 믿고 싶다. 믿음이란 어쩌면 허공에 던지는 말 같지만, 그 허공을 향해 던지는 마음이 때때로 나를 다시 붙잡아주는 힘이 되기도 한다. 그러니 사실이 아니어도 좋다. 내게 위로가 된다면, 그 믿음은 충분히 살아 숨 쉬는 진실이 된다.

정의되지 않은 채로
살아간다는 것

어떤 일들에는 시간이 필요하다. 마음을 다잡는 데도, 누군가를 이해하는 데도, 삶의 본질을 찾아가는 데도 그렇다. 살아가며 끊임없이 무언가를 배우고, 깨닫고, 다듬어 가지만 그런 일들은 절대 하루아침에 이루어지지 않는다.

사람들은 흔히 누군가를 쉽게 안다고 말한다. 몇 번의 대화만으로, 짧은 시간을 함께 보냈다는 이유만으로 그 사람을 다 알 수 있다고 믿는다. 그러나 우리는 타인을 제대로 알지 못한다. 사람은 단순한 존재가 아니다. 보이는 것이 전부가 아니고, 말로 설명되지 않는 면들이 훨씬 많다.

나 역시 나 자신을 온전히 알지 못하는데 어떻게 타인을 함부로 속단할 수 있을까. 때로는 내가 하는 말과 행동이 낯설게 느껴지고 나조차 이해하지 못할 감정이 불쑥 밀려올 때도 있다. 그런데도 너무도 쉽게 그를 잊고 시시때때로 타인을 단정 짓고 평가하며 설득하려 드는 것이다.

설득에도 시간이 필요하다. 특히 진심이 담긴 설득일수록 더욱 그렇다. 말 한마디로 누군가를 바꾸는 일은 거의 불가능에 가깝다. 얕은 지식과 제한된 경험으로 상대를 움직이려 한다면 관계는 오히려 더 멀어지기 쉽다. 서로의 이야기를 듣고 이해하며 천천히 다가가는 과정이 없다면 그 설득은 강요에 가까워지고 만다.

삶의 본질을 다듬는 일도 마찬가지다. 무엇이 옳은지, 무엇을 위해 살아야 하는지, 어떤 가치를 가장 소중히 여겨야 하는지에 대한 고민은 쉽사리 답을 얻을 수 없다. 우리는 책을 읽고 경험을 거듭하며, 때로는 실수와 후회를 지나며 자신만의 답을 다듬어 간다.

정답이 하나만 있는 것이 아니라는 사실을 받아들이고, 어제의 답이 곧 오늘의 답은 아닐 수도 있음을 인정하면서 우리는 성장한다. 그렇기에 스스로를 서둘러 정의하지 않아도 되고, 타인을 급하게 이해하려 애쓰지 않아도 된다.

어떤 질문은 오랜 시간이 지나서야 답을 찾을 수 있고, 어떤 관계는 무르익어야만 깊어진다. 그렇게 모르는 것이 많아질수록 세상이 그만큼 더 넓어진다는 사실을 알게 된다.

그러니 조금 더 시간을 들여도 괜찮다. 사람을 알아 가는

데도, 자신을 찾는 데도, 삶의 의미를 정리하는 데도. 시간
이 필요한 일들은 언제나 그만큼 신중해야 하는 일들이니까.

시간이 지나서야
이해하게 된 말

1. 언젠가는 다 지나간다는 말

2. 사람은 사람으로 치유된다는 말

3. 끝내 남는 건 마음이라는 말

4. 진심은 반드시 전해진다는 말

5. 지금의 노력은 머지않아 날개가 되어 준다는 말

6. 돌아가는 길도 결국 길이라는 말

7. 나를 지키는 선택이 가장 중요하다는 말

8. 모든 선택에는 이유가 있다는 말

9. 붙잡지 않아도 되는 인연도 있다는 말

10. 이해되지 않던 일도 시간이 지나면 이유가 보인다는 말

언제든
돌아갈 수 있는 곳

내 친구는 사진 찍는 일을 좋아한다. 사람들이 무심히 지나치던 곳에서도 그는 한참을 머문다. 낡은 벤치, 버려진 공터, 비 오는 날의 유리창 너머까지. 그의 시선은 늘 다정한 장면을 놓치지 않는다. 작업실에는 내가 잘 알지 못하는 장비들이 가득하다. 묵직한 카메라들, 수십 번의 고심이 담긴 사진들, 그리고 컴퓨터 앞에서 밤을 새운 흔적들.

그는 하루 종일 사진을 편집하고 나서도 '누가 보지 않아도 괜찮다'며 카메라 하나를 몸에 걸고 또 어딘가로 향한다. 그럴 때면 눈이 아이처럼 맑아 보인다. 자신이 바라본 시선을 기록할 수 있다는 것, 그게 얼마나 기쁜 일이냐며 웃던 얼굴이 잊히지 않는다.

한번은 책을 선물하려고 그의 작업실에 들른 적이 있다. 벽에는 그가 찍은 사진들이 걸려 있었고 책상 위 노트에는 시간들이 켜켜이 앉아 있었다. 그의 뒷모습을 바라보다 문득 지나온 시간이 떠올랐다. 무엇을 좋아하는지도 무엇을 하며 살아야 할지도 몰랐던 날들. 사람들의 눈을 더 먼저 의식하던 시절. 우리는 종종 꿈보다 인정이 먼저였던 것 같다.

하지만 이제는 달라졌다. 어떤 질문 앞에서도 우리는 더 이상 망설이지 않고 말할 수 있다.

"내가 좋아하는 건 이거야."
"나는 이걸 하고 싶어."

알고 보니 좋아하는 일을 한다는 건 그리 거창한 일이 아니었다. 시간 가는 줄 모를 만큼 빠져들고, 가끔은 지치면서도 다시 시작하고 싶은 마음이면 되었다. 물론 삶에 반드시 좋아하는 일이 있어야 하는 건 아니다. 그저 '내가 무엇을 좋아하는지 알고 있다'는 사실만으로도 삶은 훨씬 단단해진다.

좋아하는 일은 내가 등을 돌리지 않는 한 언제나 그 자리에 있다. 그러니 그 마음을 마음껏 품을 수 있기를. 각박한 세상 속에서도 자신이 좋아하는 것 하나쯤 품고 있는 사람은 잠시라도 고단함을 잊을 수 있다. 언젠가 아픔이 찾아오더라도 잠시 도망칠 곳이 있다는 것. 그 사실 하나가 살아갈 이유가 되어 줄지도 모른다.

잘해야만 했던 나에게서
잘 살고 싶은 나에게로

요즘은 미래를 생각하며, 해야 할 일과 좋아하는 일 사이에서 자주 고민하게 된다. 지금껏 내가 걸어온 길에서는 해야 하는 일을 잘해 내기만 하면 됐다. 흥미가 없어도 맡은 일은 끝까지 해냈고, 배운 것을 익혀 내 몫을 다하면 그것으로 충분했다. 그러나 기대에 미치지 못하는 순간에는 금세 남들보다 부족한 사람이 된 것 같기도 했다.

마음이 끌리는 것을 찾는 일은 내게 늘 어려웠다. 간신히 찾아도 그 길에 다가가기는 더 쉽지 않았다. 좋아하는 일로 무언가를 이룰 수 있을지에 대한 걱정이 앞서기도 했다. 그래서일까. 좋아하는 일을 꾸준히 이어 가는 사람들을 보면 신기하면서도 한편으로는 참 존경스럽다.

내가 좋아하는 것은 순간을 기록하는 일이다. 시선 끝에 담긴 것들을 다듬어 한 편의 글로 옮기거나 사진으로 남긴다. 그런 순간은 늘 가슴을 두근거리게 하고, 마음을 끌어당겨 시간의 흐름마저 잊게 한다.

당신에게도 가슴이 뛰고 마음이 끌리는 일이 있을까.

주어진 일은 잘 해낼 수 있지만 좋아하는 일을 찾기란 생각보다 쉽지 않아 선뜻 엄두가 나지 않는 것 같다. 나는 우리가 무엇이든 좋으니 한 번쯤은 도전해 봤으면 한다. 처음부터 모든 일이 척척 풀리지는 않을 것이다. 천천히 내가 무엇에 끌리는지, 진짜 하고 싶은 것이 무엇인지 생각해 보면 좋겠다.

어떤 일이든 꾸준히 이어 간다면 언젠가는 스스로 답을 알게 되는 날이 오지 않을까. 지금껏 생각하고 해 온 일들은 결코 헛되지 않다. 돌아보면 그 모든 경험이 더 높이 도약할 수 있도록 받쳐 준 든든한 날개였음을 깨닫게 될 것이다. 오늘 하루에 최선을 다한다면 훗날 오늘의 당신을 돌아볼 때 여전히 그 자리에서 무언가를 해내고 있을 것이다. 그런 당신의 하루하루를 응원한다.

서툰 문장도 결국
이야기가 된다

나는 오른손잡이다. 어릴 적부터 무언가를 할 때마다 늘 오른손이 먼저 반응했다. 밥을 먹을 때도, 문을 열 때도, 글씨를 쓸 때도. 거의 모든 순간에 오른손이 자연스럽게 앞장섰다. 그래서 왼손을 사용할 때면 언제나 어색했다. 손끝에 힘이 제대로 들어가지 않고 마음먹은 대로 움직이지 않았다. 답답할 때가 많았고 작은 일에도 노력이 필요하다는 게 새삼스레 크게 다가왔다.

오늘도 평소처럼 하루를 마무리하며 일기를 쓰려던 참이었다. 펜을 쥐고 노트 위에 글씨를 적으려던 그때, 오른쪽 손목에서 심한 통증이 느껴졌다. 펜을 쥔 손이 저릿하게 떨리고 있었다. 다시 손가락에 힘을 주어 보았지만 통증이 더욱 선명해져 더는 글씨를 쓸 수 없었다.

　잠시 망설이다가 어쩔 수 없이 왼손으로 펜을 들었다. 막상 왼손으로 쓰려고 하니 생각보다 쉽지 않았다. 평소라면 쉽게 적었을 문장을 쓰는 데도 한참이 걸렸다. 손끝이 어색하게 떨렸고 글씨는 삐뚤빼뚤 엉망이었다. 또박또박 써 내려가려 해도 자꾸만 줄을 벗어났다. 내 손으로 쓴 글씨가 맞나 싶을 정도로 알아보기 힘들었다.

　비록 익숙하지 않아 시간이 더 걸리고 서툴러서 예쁘게 써지지는 않지만, 그럼에도 불구하고 한 글자씩 적어 나가다 보면 문장은 완성됐다. 그렇게 쓰다 보니 오히려 더 정성을 기울이게 됐다. 평소처럼 쓸 수 없으니 한 글자 한 글자 더욱 신중하게 눌러 담을 수밖에 없었다.

　어쩌면 우리네 인생도 이와 닮았을지 모른다. 누군가는 능숙하게 아무런 어려움 없이 살아가는 듯 보일 때가 있다. 반면 어떤 날들은 모든 것이 서툴고 뜻대로 되지 않아 한 발짝 내딛는 데도 오랜 시간이 걸린다. 그래도 그것이 전혀 의미 없는 일은 아니다. 아무리 시간이 걸려도 결국엔 내 인생의 한 페이지를 채워 나가고 있으니까.

다 괜찮다. 오늘은 왼손으로 글씨를 쓰듯 더디더라도 그 순간에 진심을 꾹꾹 눌러 담아 나만의 문장을 써 내려가면 된다. 그렇게 한 페이지, 또 한 페이지가 모여 언젠가 나만의 인생 이야기가 완성될 테니까.

슬픔은
마음의 살점이다

슬픔은 어디쯤 살고 있을까. 기억 속도 아니고 당장 눈앞
도 아닌 몸 안 어딘가, 자주 쓰지 않는 방처럼 숨어 있다가
불현듯 문을 연다.

비로소 알게 되었다. 슬픔은 마음의 살점이라는 것을. 무
언가 뚝 떨어져 나간 자리에는 빈틈이 아니라 통증이 남는
다는 것도. '울고 싶다'가 아니라 어디서부터 아픈지를 모
르겠다는 감정. 조용히 스미는 슬픔은 소리 없이도 사람을
무너뜨린다.

아픈 순간은 예외 없이 찾아온다. 누군가 다치거나 무언
가 부서지지 않아도, 무언가를 잃어버린 채 살아가고 있다
는 막연한 예감만으로도.

그럴 때면 억지로 위로하지 않기로 했다. 슬픔은 금세 괜찮아졌다고 말할 수 있는 일이 아니라, 밥을 먹고 일하고 잠자리에 드는 동안에도 가만히 옆자리에 남아 있는 감정이니까. 그렇게 어떤 마음은 쉽게 정리되지 않는다. 정리되는 순간 지워질 것 같아서, 다시는 돌아오지 않을 것 같아서, 괜찮은 척 스스로를 속이게 될 것 같아서.

슬픔은 사라지는 감정이 아니다. 그 자리에 남아 우리의 말투와 눈빛을 조금씩 바꾸어 놓는 일이다. 그러니 서둘러 괜찮아지려 하지 않아도 된다. 조금은 아파도 괜찮다. 슬픔이 머물렀던 자리에는 말하지 않아도 닿는 마음이 오래 남는다.

답하지 않아도
괜찮은 물음

"요즘은 잘 지내?"
"그 일은 왜 그렇게 했어?"
"앞으로 어떻게 할 생각이야?"

살다 보면 참 많은 물음이 찾아온다. 그리고 그 물음들
은 걱정처럼 다가올 때도 있지만, 어떤 것들은 마치 나를
시험하듯 무겁게 느껴질 때도 있다. 그때마다 모든 질문에
성실히 답해야만 할 것 같았고 그래야만 내가 괜찮은 사람
으로 보일 것 같았다.

하지만 천천히 돌아보니, 모든 물음에 답하려 애쓰지 않
아도 괜찮다는 걸 알게 되었다. 존중 없는 질문에는 굳이
마음을 쓰지 않아도 되고, 아직 답을 찾지 못한 물음은

잠시 내려놓아도 된다. 때로는 시간이 답이 되어 주고 나의
변화가 새로운 답을 만들어 주기도 한다.

결국 우리는 모두 자신만의 속도로 각자의 답을 찾아가
고 있을 뿐이다. 무엇이 옳고 그른지 알 수 없을 때조차 그
물음에 대해 고민하고 있다는 사실만으로도 이미 최선을
다해 살아가고 있다는 증거일지도 모른다.

그러니 서두르지 않아도 괜찮다. 모든 물음에 답하지 않
아도 괜찮다. 당신의 침묵 속에도 진심이 깃들어 있으니까.

말하기 전에
떠올릴 것

1. 이 말이 꼭 필요한지 한 번 더 생각하기

2. 감정이 올라올수록 말 줄이기

3. 오래 남을 말은 쉽게 꺼내지 않기

4. 상처가 될 말은 입 밖에 내지 않기

5. 말 한마디가 관계를 바꾼다는 사실 잊지 않기

6. 내 말이 상대의 하루를 흔들 수 있음을 기억하기

7. 솔직함이 상대를 찌르는 칼이 되지 않도록 조심하기

8. 말보다 침묵이 나은 순간도 있음을 헤아리기

9. 내 입장을 말하기 전에 상대의 마음을 먼저 떠올리기

10. 옳은 말이라도 때로는 기다림이 필요함을 받아들이기

비판은 길을 만들고
비난은 벽을 만든다

가끔은 누군가의 말이 마음속에 오래 머물러 나를 일으
켜 세우기도 하고 부수기도 한다.

비판과 비난, 둘은 닮은 듯하지만 결은 전혀 다르다. 비
판은 부족한 곳을 비추는 등불처럼, 가야 할 길 위에서 방
향을 잃지 않도록 어둠을 밝힌다. 비난은 다르다. 불이 아
닌 불씨로 다그치듯 밀어붙이고 스스로를 의심하게 만든
다. 때로는 말이라는 것이 그렇게도 쉽게 마음을 무너뜨릴
수 있다.

비판은 나를 불편하게 만들지만 그 과정 속에서 나는
더 단단해진다. 반면 비난은 나를 움츠러들게 하고 내 안
의 작고 여린 마음을 의심과 불신의 틀 안에 가둔다.

그러므로 배워야 한다. 그 말이 나를 위한 것인지, 아니면 다치게 하려는 말인지 들여다볼 수 있어야 한다. 비난이라면 굳이 마음에 담아 둘 필요 없이 한 귀로 흘려보내면 된다.

세상을 떠도는 말들이 모두 옳을 수는 없고, 그 말들이 내가 누구인지 설명해 줄 수도 없다. 누가 뭐라 해도 나를 가장 잘 아는 사람은 결국 나 자신이다. 때로는 내 마음을 지키는 일이 가장 현명한 선택이 된다.

흔들림을 거두고 내 중심을 다시 세우는 것. 그것이 우리가 살아가며 배워야 할 단단한 태도일지도 모른다.

주차된
자동차들

해 질 무렵, 동네 골목을 느릿하게 걸었다. 저마다의 하루를 마치고 돌아온 자동차들이 질서 있으면서도 또 어딘가는 엉성하게 자리를 잡고 있었다. 주차된 자동차들을 바라보고 있으면 가끔 마음이 이상해진다. 바삐 달려가던 것들이 하루를 끝내고 멈춰 선 모습이 꼭 사람들 같아서다. 속도를 내며 지나가던 시간도, 혼자 먼 길을 헤매던 마음도 잠시 숨을 고르는 이 밤 앞에서는 모두 제자리를 찾는다.

그 안에 타고 있던 사람들을 떠올려 본다. 회사에서 늦게 퇴근했을 누군가, 아이의 손을 잡고 돌아왔을 엄마, 어쩐지 혼자서도 씩씩해 보이는 사람. 그들은 지금쯤 각자의 방 안에서 손발을 씻고 이불을 털며 하루를 마무리하고 있겠지.

나에게 주차는 '멈춤'이자 '안착'이다. 그 누구도 계속 달리기만 할 수는 없으므로 우리는 결국 멈출 자리를 찾아야 한다. 그 자리가 꼭 마음에 들지 않더라도, 빛이 적고 좁고 경사가 져 있어도 어디쯤에는 오늘 하루를 놓아둘 수 있어야 한다.

달릴 때는 보이지 않던 것들이 멈췄을 때야 눈에 들어온다. 골목 가로등이 얼마나 따뜻한지, 누군가가 내어 준 자리가 얼마나 귀한지, 그리고 오늘도 무사히 돌아왔다는 사실이 얼마나 다행인지.

어둠이 천천히 골목을 덮고 차창 안 불빛들이 하나둘 꺼져 간다. 아직 남아 있는 것들도 있지만, 대부분은 그만 멈춰도 된다는 듯 자리를 받아들인다.

나도 언젠가 어딘가에 잘 멈출 수 있는 사람이면 좋겠다. 너무 많이 다치지 않은 채, 지나온 길을 후회하지 않은 채, 어둠 속에서도 조용히 빛나는 차들처럼 오늘 하루의 끝자락에 무사히 도착할 수 있었으면 좋겠다.

버튼 하나에
마음을 걸어 본 적이 있나요

엘리베이터 앞에 서 있으면 이상하게 마음이 차분해진다. 멈춰 서서 아무것도 하지 않아도 되는 시간. 가만히 서서 누르기 쉬운 높이의 버튼 하나에 마음을 걸고 '열림'과 '닫힘', 혹은 '도착'이라는 말 없는 기적을 기다린다. 그 짧은 기다림 안에서는 늘 생각에 잠기게 된다. 오늘은 무사했는지, 마음은 덜 다쳤는지, 누군가를 너무 많이 미워하진 않았는지.

엘리베이터 앞에 우두커니 서 있는 사람들을 보면 모두가 작게 내려앉은 것처럼 보인다. 몸은 멀쩡히 서 있지만 마음만은 주저앉아 있다. 이동을 기다린다기보다 잠깐 숨을 고르고 있는 것 같달까. 나는 그 공간에 흐르는 묘한 정적을 좋아한다. 낯선 사람들과 나란히 서 있어도 이상하게 불편하지 않다.

서로 각자의 층을 누른 뒤 어떤 이는 '닫힘' 버튼을 연거푸 누르며 조급해하고, 어떤 이는 버튼에 손을 얹은 채 한참을 멈춰 선다. 그곳에서는 누가 먼저이고 나중인지도, 목적지의 크고 작음도 중요하지 않다.

한번은 윗집 아주머니가 엘리베이터 문이 열리자마자 말을 건 적이 있다. "닫힘 버튼 좀 눌러 줄 수 있을까요? 짐이 많아서…." 얼떨결에 버튼을 눌렀지만, 누군가에게 작은 도움이 되었다는 생각에 그날 하루가 한결 따뜻하게 느껴졌다.

그날 나는 생각했다. 사람의 마음도 버튼 같다고. 누군가 눌러 주기 전까지는 제 기능을 하지 못하거나 그대로 꺼져 있을지도 모른다고. 그래서 나는 엘리베이터를 기다리는 사람들의 모습에서도 그들 마음 한 칸쯤은 엿보게 된다.

버튼을 세게 누르는 사람은 아마 마음 어딘가가 몹시 급한 상태일 것이다. 계속 '열림' 버튼을 누르며 기다리는 사람은 누군가를 배려하는 중이거나, 혹은 아직 떠나보내지 못한 마음을 안고 있을지도 모른다. 아무 버튼도 누르지 않은 채 잠시 공간만 빌려 서 있는 사람들을 보면 괜히 마음이 더 가기도 한다.

사람은 결국 도착하는 순간보다 기다리는 시간이 더 많은 존재다. 우리의 하루 역시 대부분 도착이 아니라 도중에 머문다. 그래서 엘리베이터 앞은 늘 중요한 마음의 연습장이 된다. 기다릴 줄 아는지, 먼저 나설 수 있는지, 타인의 공간에 어색함 없이 함께 설 수 있는지, 그리고 그 잠깐의 정적 속에서 자기 마음의 온도를 살필 수 있는지.

오늘도 나는 엘리베이터 앞에 섰다. 어김없이 버튼을 누르고 문이 열릴 때까지 숨을 고른다. 그 몇 초 사이, 스스로에게 말을 건넨다. "괜찮아. 오늘도 잘 지나왔어."

버튼 하나에 마음을 걸어 보는 일은 우리가 하루를 버티는 가장 잔잔한 연습인지도 모른다. 눈에 띄지 않게 그러나 분명하게, 우리는 각자의 층을 향해 다시 움직인다.

참 이상하지.

그땐 빨리 어른이 되고 싶었는데

이제는 잠깐이라도

그 시절로 돌아가고 싶다.

소란 너머의
숨결

　한때는 사람 많은 곳이 좋았다. 시끌벅적한 음악과 빠른 걸음, 어깨를 스치는 말들 속에서 왠지 모르게 살아 있다는 기분이 들곤 했다. 힘들었던 날에는 그 북적임이 나를 덜 외롭게 해 주었다. 누군가의 웃음소리에 나의 울음이 묻히는 것도 괜찮다고 생각했다. 그렇게 시간을 덜어 내기 위해 소란을 찾아다녔다.

　그런데 언제부턴가 조용한 곳이 좋아졌다. 불쑥 바람 소리가 들리는 산길, 말없이 물결을 보내는 바다, 나뭇잎끼리만 부딪는 숲. 그런 곳들이 내 마음에 처음으로 '쉼'으로 다가왔다. 사람이 많다고 일부러 피하는 건 아니지만, 내가 먼저 북적임을 찾지는 않게 되었다.

어쩌면 그동안 나는 너무 많은 일을 겪고 너무 많은 소리를 들어 온 건지도 모른다. 그러다 보니 내 안에서 자꾸만 고요를 찾게 된 것일 테고. 도망치듯 찾아간 어느 한적한 곳에서, 아무 말 없이 흘러가는 구름을 바라보고 있으면 이상하리만큼 안도하게 됐다. 사람도, 말도, 설명도 필요 없는 순간이었다.

내면이 잔잔해질 때야 비로소 다시 살아갈 힘을 얻는다. 앞으로도 나는 북적임보다 균형을, 시끄러운 위로보다 잔잔한 온기를 원하게 될 것 같다. 하루 끝에 은은하게 스며드는 고요. 그 고요한 시간들이 내 삶의 결을 조금 더 단단히 붙잡아 줄 거라고 믿고 싶다.

부딪히며
만들어지는 절경

파도는 언제나 부드럽게만 밀려오는 줄 알았다. 하지만 가까이 다가가면 그 안에는 무수한 충돌의 흔적이 담겨 있다. 바위를 깎고 모서리를 무디게 만든 수많은 부딪힘. 결국 그것들이 모여 하나의 절경을 이룬다.

살다 보면 마주해야만 알 수 있는 마음들이 있다. 그저 흘러가서는 끝내 깨닫지 못하는 것들도 있다. 그런 순간은 날카롭고 아프지만 시간이 지나면 마음 어딘가에 담담히 빛나는 풍경 하나로 남는다.

도전은 늘 예측할 수 없는 파도를 닮아 있다. 속도도 방향도 가늠하기 어려운 날들 속에서 우리는 때로는 휘청이고, 때로는 부서질 듯 흔들린다. 하지만 그 모든 순간이 지나고 나면 당신만의 풍경이 어딘가에 그려지고 있을 것이다.

　너무 걱정하지 않아도 된다. 흔들린 만큼 단단해지고 부딪힌 만큼 넓어질 테니. 당신의 걸음은 언제나 아름답다. 그 도전이 마침내 하나의 풍경으로 남기를 마음 깊이 응원한다.

더딘 걸음에도
빛나는 마음

삶에 대해 깊이 고민하는 것을 좋아한다. 살아감의 여정 안에서 무엇으로 나의 날들을 채워 갈지 늘 두리번거리곤 한다. 그간 꽤 수동적으로 살아왔던 나는 이제야 주체적이고 능동적으로 살아가는 법을 조금씩 배우고 있다.

능동적인 삶이란 그다지 거창한 연습이 필요한 일이 아니라는 걸 새삼 깨닫는다. 어쩌면 나는 무의식중에도 스스로 잘 살아가기 위해 부단히 애써 왔는지도 모른다. 해야 할 일을 하고, 잠을 자고, 숨을 들이마셨다 내쉬고, 잠에서 깨어 샤워를 하며 옅은 한숨을 내뱉는다. 그리고 또다시 하루를 이어 가며 발걸음을 옮긴다.

나는 이러한 주체적인 태도와 결정들로부터 부끄러움

없는 삶이기를 바란다. 물론 처음 살아 보는 인생이라 여전히 부족하고 배울 것이 많으며, 누군가의 도움이 절실한 순간도 있다. 그래서 가끔은 부끄러운 때도 있었다.

아직 느리지만 차근차근 알아 가고 있다. 그 과정에서 나름의 요령도 생겼고, 복잡한 세상 속에서 조금은 편하게 살아 보고 싶다는 마음도 들었다. 유혹도 있었고 흔들릴 때도 있었지만, '그렇게만 살면 과연 무슨 소용이 있을까'라고 생각하며 그것들을 이겨 낼 수 있었다.

한 번뿐인 인생, 부끄럽지 않게 살아 내고 싶다. 비록 쉽지 않더라도 거리낌 없이 지내자고. 빠르게 가지 못하더라도 바르게 나아가자고. 남들보다 늦게 가더라도 주변을 둘러보며 자주 스스로를 돌아보자고. 그렇게 오늘도 나를 향한 응원들을 마음속에 새긴다.

시간을 천천히
삼키는 일

나이를 먹는다는 건 무엇일까. 단지 숫자가 하나 늘어나는 일일까, 아니면 흘러가는 시간을 삶의 일부로 받아들이는 일일까. 어느덧 또 한 살이 더해졌다. 그런데 가만히 생각해 보니 '먹는다'라는 표현이 참 묘하다. 우리는 과연 그 시간을 잘 곱씹고 소화하고 있는 걸까. 시간은 늘 우리 곁을 지나쳐 가지만, 그중 얼마나 많은 순간을 진짜 삶으로 건져 올리고 있는지를 생각하게 된다.

새해가 되면 자연스레 내 마음과 지난날들을 되짚어 본다. 작년에는 어떤 순간이 가장 따뜻했을까. 무엇을 배우고 누구와 이야기를 나누었을까. 무엇을 놓치고 무엇을 간직했을까. 나를 주저앉게 한 것은 무엇이었고 다시 걷게 한 것은 무엇이었을까. 질문들을 하나둘 따라가다 보면, 시간은 단순히 흘러가는 데서 그치지 않고 나에게 스며들어 무늬처럼 남아 있음을 알게 된다.

그래서 나이는 곱씹고 반추한 시간만큼 삶으로 남는다. 매 순간을 무심히 흘려보내는 대신, 그 안에서 작게 빛난 의미를 주워 담으며 채우기도 하고 비우기도 하는 일이다. 지나온 날들이 지금의 나를 만들었다. 기쁜 날이든 아팠던 날이든, 실패와 슬픔까지도 시간이 지나며 찬찬히 발효되어 삶의 깊은 결이 된다.

어떤 이들은 나이를 짐처럼 여긴다. 책임이 늘고 짊어져야 할 것이 많아지며, 불확실한 미래가 더 무겁게 느껴지기 때문일지도 모른다. 하지만 나는 나이를 먹는다는 것이 단순히 무거워지는 일이 아니라 점점 더 단단해지는 과정이라고 믿고 싶다. 삶은 온도를 맞추고 시간을 들여 우리를 서서히 익혀 낸다.

한 살이 더해진 지금, 한 해를 곰곰이 되새겨 본다. 좋았던 날과 아팠던 일, 배우고 놓친 것들까지도 모두 잘 소화해 내기 위해서다. 삶은 날마다 다른 맛으로 익는다. 짜게 느껴지는 날도 있고, 싱겁게 지나가는 날도 있으며, 깊은 여운이 남는 날도 있다.

올해도 나는 나를 제 속도로 익혀 가고 있다. 숫자 대신 결을 더하며. 시간이 내 안에서 맛있는 하루로 발효되기를 바라며.

바람이
지나간 자리

어느 날 산책을 하다 세찬 바람을 맞았다. 나뭇잎은 이리저리 흔들리고 먼지는 낮게 떠돌았다. 그 가운데 작은 종잇조각 하나가 발끝에 멈춰 섰다. 나는 괜히 그 하얀 면을 오래 들여다보았다. 아무것도 쓰여 있지 않은 종이 한 장. 마치 무언가를 기다리는 여백처럼 느껴졌다.

바람은 어디서부터 시작되는 걸까. 그리고 어디로 향하는 걸까. 그 흐름이 지나간 자리에는 무엇이 남게 될까.

어떤 날은 바람처럼 스쳐 지나간다. 내가 지나온 자리에 무엇이 남았는지 제대로 살피지 못한 채 또 다른 하루로 옮겨 간다. 가끔은 아무 흔적도 남기지 않은 듯 살아온 날들이 허무하게 느껴지기도 한다.

하지만 바람도 결국에는 무언가를 흔든다. 창가의 커튼, 무심코 펼쳐진 책장, 나뭇가지 끝에 매달린 마지막 잎 하나. 보이지 않아도 바람은 자국을 남긴다.

나도 그렇지 않을까. 내가 건넨 말 한마디와 무심코 머무른 눈빛, 짧게 머문 마음의 체온. 그런 것들이 어딘가에 남아 누군가의 하루를 조금은 덜 쓸쓸하게 했기를 바란다.

나는 오늘도 나직이 흘러간다. 다만 내가 지나온 자리가 쓸쓸한 기억이 아니라 따스한 온기로 남기를 바랄 뿐이다. 언젠가 그 바람이 나를 다시 흔드는 날이 오면, 살며시 내가 남긴 흔적들을 돌아보고 싶다. 말없이 머문 자리마다 가느다란 숨결 하나쯤 있었기를 바라면서.

한 겹씩 물드는
감정의 무늬

한 겹의 감정이 가라앉기도 전에 다음 겹이 밀려오는 날이 있다. 기뻤던 일 뒤에 서늘한 공기가 따라오고 다정한 말끝에 홀로 남는 느낌이 스며든다. 누군가의 웃음 속에는 이유 모를 슬픔이 섞여 있고 눈물 속에도 안도와 따뜻함이 뒤섞여 있다. 이처럼 삶은 하나의 감정만으로는 설명되지 않는 순간들로 가득하다.

감정은 좀처럼 하나의 단어에 담기지 않는다. 괜찮음과 슬픔이 함께 존재하는 날이 있고, 기쁨과 허무가 한꺼번에 들어차 마음의 방을 어지럽히는 때도 있다. 그 겹겹의 정서들은 우리를 주저앉히기도 하고 다시 일어서게 하기도 한다.

어떤 감정은 부재에 가깝다. 어쩌다 마음이 저릿한 날이면, 내가 느끼는 이 정서가 그리움인지 외로움인지 아니면 그냥 날씨 탓인지 분간하기 어렵다. 누군가와 나눌 수 있을 것 같다가도 막상 입 밖으로 꺼내려 하면 자꾸만 미끄러진다. 그래서인지 감정은 오래된 편지 같다. 한참이 지나서야 읽히고 그제야 이해된다.

나는 그런 감정의 지층을 오래 들여다보는 사람이다. 남들보다 깊이 생각하고 머무르며 한 문장에 담긴 표정을 곱씹는다. 누군가는 왜 아직도 그 마음을 붙잡고 있느냐고 묻겠지만, 나는 알고 있다. 쉽게 흘려보낸 감정은 결국 되돌아와서 더 무거운 얼굴로 내 앞에 선다는 것을.

텅 빈 마음에서도 뜻밖의 낭만이 서리고, 아무것도 하고 싶지 않은 날의 침묵 속에 묘하게 평온한 기운이 감돌기도 한다. 그것은 우리가 오랜 시간 정리해 온 감정의 흔적들이 마침내 가라앉는 순간이기 때문일 것이다. 그 가라앉음은 때로 가장 깊은 위로가 된다.

서랍 속이 다소 어질러져 있어도 큰일이 나는 건 아니듯 마음속 감정들 역시 꼭 구분되어 있을 필요는 없다. 그 혼란 속에서 우리는 되레 자신에게 조금 더 가까워진다.

삶은 결국 그런 겹들로 이루어져 있다. 단순하지 않아서 아름답고, 섞여 있어서 더 인간적인 것들. 그래서 나는 마음속 어딘가에서 겹겹이 반죽된 감정들을 지그시 바라본다. 그것이 나를 더 깊게, 더 부드럽게 만들어 줄 테니까.

흔들려도 괜찮아요.

파도처럼 마음이 요동쳐도

끝내 우리는

잔잔해지는 법을 배워 가니까요.

삶은 언제나
미완이다

삶의 가장 긴 그림자는 늘 분명하지 않은 곳에서 드리워진다. 우리는 선명한 경계를 원하지만, 삶은 언제나 모호한 흐림으로 우리를 감싼다. 안개처럼, 손을 뻗으면 닿을 것 같다가도 결코 잡히지 않는 무언가처럼.

기억은 종종 아무 일도 일어나지 않은 장면에서 불쑥 떠오른다. 이를테면 매일 걷던 아파트 단지 사이의 골목, 오래된 은행나무 아래 놓인 벤치, 비가 온 다음 날이면 유독 짙은 흙냄새가 배어 있던 놀이터 같은 곳이다. 누군가에게는 의미 없는 풍경일지 모르지만, 내게는 지나칠 때마다 마음이 머무는 자리였다.

그곳에서 특별한 사건이 있었던 것도 아니고, 누군가와

큰 감정을 나눴던 기억도 없다. 그럼에도 그런 무심한 풍경들이 마음을 오래 흔든다. 아무 일도 없었기에 생긴 여백 덕분에 나는 그 시간 속에서 멈추고 바라보며 고즈넉이 지나올 수 있었다.

세월이 흘러 풍경은 달라졌지만 마음속에 남은 장면들은 지금도 또렷하다. 이름을 붙일 수 없고 다시는 가닿을 수도 없는 순간들.

사람과의 관계에서도 비슷했다. 애매한 이별 앞에서 서글퍼지기도 했고 무력해지기도 했다. 마음이 완벽히 정리되지 못한 채 남겨진 기억들은 흐릿한 수채화처럼 내 안에서 번져 갔다. 그 모든 애매함 속에서 나는 이따금 멈춰 서게 된다.

명확하지 않다는 것은 여전히 두렵고 불편하지만, 어느 순간부터 나는 그 불분명함의 가치를 알아보게 되었다. 명료하지 않은 감정과 모호한 기억 속에서만 발견할 수 있는 깊이와 아름다움이 있다는 것을.

삶은 늘 미완의 상태로 남아 있다. 분명한 결론을 맺는 순간보다 모호하게 마무리된 순간이 우리를 더 오래 붙드는 이유는, 아마도 그 안에 아직 드러나지 않은 가능성들이 있기 때문일 것이다. 완전히 닫히지 않은 문 앞에는 우리가 미처 상상하지 못한 길들이 있다.

오늘도 내 마음에는 설명되지 않는 수많은 것들이 남아 있다. 때로는 그 모호함이 버겁게 느껴지기도 하지만, 삶은 그런 무수한 잔결과 이음새로 이루어져 있다는 것을 이제 는 받아들이게 되었다. 매끄럽지 않더라도 그 결이 내 마음과 맞닿는 순간이 분명히 있다.

나는 아직도 많은 마음에 이름을 붙이지 못한 채 살아 간다. 그러나 그 이름 없음이 나를 지탱하는 언어가 되기 도 한다. 우리는 끝나지 않은 감정들 위에서 쓰이지 않은 문장처럼 존재하는지도 모른다.

잃어버린 길,
잊지 못할 하루

버스를 잘못 탄 적이 있다. 목적지와는 전혀 다른 곳에 내려 처음 마주한 풍경 앞에서 잠시 발걸음이 멎었다. 익숙한 정류장을 지나쳤다는 걸 알아차렸을 때 마음은 조급했지만, 몸은 천천히 앞으로 나아갔다. 되돌아가야 할 이유보다 얼마간 길을 잃어도 괜찮을 것 같다는 생각이 먼저 스쳤다.

나는 이끌리듯 좁은 골목으로 들어섰다. 햇살이 꽃가게 유리창에 닿아 부서지고 있었다. 그 안쪽에는 주인을 닮은 듯 가지런히 놓인 꽃들이 누구에게 건네질지 모른 채 담담히 피어 있었다.

얼마 지나지 않아 바람을 타고 구운 빵 냄새가 따라왔다.

진열대 위에 가지런히 놓인 식빵들, 그 둥근 모양이 이상하리만치 따뜻했다. 익숙한 길 위에서는 미처 몰랐던 나의 속도들이 보이기 시작했다. 그곳에서는 나도 잠시나마 여유로워질 수 있었다.

벤치에 앉아 숨을 고르자 낮은 담장 위에서 고양이 한 마리가 기지개를 켜더니 몸을 말아 누웠다. 이토록 느슨한 하루. 나는 아무에게도 쫓기지 않았고 누구도 나를 기다리지 않았다. 그 사실이 처음으로 안도감을 줬다.

늘 정해진 방향으로 가는 것이 능사는 아니다. 때로는 길을 잃어야 비로소 도착할 수 있는 풍경이 있다. 그날의 실수는 어쩌면 내가 한참이나 숨을 고르지 못했던 이유에 대한 하늘의 답이었는지도 모른다.

그날 이후, 나는 가끔 일부러 낯선 골목을 걷는다. 나를 쉬게 하는 풍경은 늘 그런 우연의 끝에 남아 있었다.

불빛이
머무는 자리

밤의 거리를 거닐다 보면 불빛들은 하나의 야경을 만들어 낸다. 밤이 깊을수록 불빛은 더 선명해진다. 도시에 흩어진 가로등과 창문들, 불안한 마음처럼 깜빡이는 신호등까지. 그 빛들은 모두 이야기를 품고 있다.

나는 밤이면 종종 산책을 나선다. 한낮의 소란이 잦아든 거리에서 불빛들 사이를 따라 느긋하게 걸음을 옮긴다. 길가의 자그마한 식당에서는 사람들이 웃음소리를 주고받고, 편의점의 불빛은 피곤한 얼굴들을 부드럽게 감싼다.

이렇듯 누군가는 불빛 안에서 분주히 움직이고 있을 테고 또 어떤 이들은 쉬어 가는 중일지도 모르겠다. 멀리서 보면 불빛이 만들어 낸 야경은 화려하지만, 그 안을 들여다보면 각자의 자리에서 최선을 다해 살아 내고 있을 사람들의 흔적이 보인다.

그 속에서 나는 이상하게도 마음이 조금씩 가벼워지는 걸 느낀다. 적막한 골목길을 비추고, 닫힌 가게 문 앞을 지키고, 아무도 보지 않는 창고 안까지 밝히는 그 빛들.

그것들을 바라보며 자주 생각한다. 저 불빛이 묵묵히 제 빛을 내는 것은, 아마도 누군가에게는 반드시 필요하기 때문이지 않을까.

삶도 그렇다. 우리가 흔히 무의미하다고 여기던 순간들도 어딘가에서는 누군가를 비추고 있을지도 모른다. 매일을 살아가는 일은 어둠 속에 불빛 하나를 더하는 일이 아닐까.

그것이 내가 기대한 방향이 아니어도 괜찮다. 어디선가 누군가의 길을 밝혀 줄 수 있다면 그 또한 의미 있는 일이다. 그래서 오늘 밤도 걷는다. 내일은 또 어떤 어둠 속에서 누군가를 만나게 될지 기대하면서.

그만두고 싶다는
생각이 들 때

1. 충분히 자고, 결정은 깨어난 뒤로 미룬다.

2. 잘해 온 일들을 하나씩 적어 본다.

3. 혼자 끌어안지 말고 누군가에게 털어놓는다.

4. 나를 너무 몰아세우고 있지는 않은지 돌아본다.

5. 감정이 가라앉을 때까지 기다린다.

6. 잠깐이라도 그 자리를 벗어나 걷는다.

7. 그만두고 싶다는 마음을 억지로 부정하지 않는다.

8. 처음 시작했을 때의 마음을 떠올려 본다.

9. 작은 일 하나라도 더 완수해 본다.

10. 이 순간도 결국은 지나간다고 믿는다.

어둠 너머의
풍경을 믿으며

끝이 보이지 않을 것처럼 길고 짙은 터널이 있다. 사람들은 말한다. '아무리 긴 터널에도 끝은 있다'고. 하지만 그 말이 한때의 나에겐 전혀 와닿지 않았다. 하나를 지나면 다음 터널이 어김없이 기다리고 있었으니까. 끝이 있다는 게 무슨 의미가 있을까. 어차피 다시 어둠 속을 걸어야 할 텐데.

삶이 버겁고 지칠 때면 세상이 한없이 어둡게 느껴진다. 아무리 발버둥 쳐도 제자리인 것만 같고, 겨우 어둠을 벗어났다고 믿은 순간 또다시 길을 잃는다. 나는 지금, 정말 앞으로 나아가고 있는 걸까. 아니면 그저 같은 자리를 맴돌고 있는 걸까.

하지만 뒤를 돌아보면 나는 이미 수많은 터널을 지나온 뒤였다. 그때도 끝이 없을 것 같았지만, 결국은 그 어둠 너머로 걸어 나왔다. 그리고 그 터널들을 지나왔기에 지금의 내가 여기 서 있는 게 아닐까.

어쩌면 내가 처음 꿈꿨던 곳은 이 길이 아니었을지도 모른다. 그래도 중요한 것은 생각지도 못한 방향으로 흘러왔더라도 그 역시 내 걸음의 일부이며, 지나온 모든 여정이 차곡차곡 나를 만들어 왔다는 것이다.

앞으로 얼마나 더 많은 터널을 지나야 할지는 알 수 없다. 어쩌면 끝없이 이어지는 길일지도 모른다. 그럼에도 터널의 끝마다 새로운 풍경이 기다리고 있다.

그 풍경은 아주 짧고 덧없는 순간일지도 모른다. 그러나 그 찰나가 다시 살아갈 힘이 된다. 그래서 우리는 또 한 번 걸음을 내디딘다. 오랜 어둠을 지나온 만큼 빛은 더 또렷이 우리 앞에 번져 올 것이다.

지금 이 시간은 언젠가 마주하게 될 눈부신 날들을 위한 하나의 과정일 뿐이다. 그렇게 쌓여 온 날들이 모여 마침내 하나의 아름다운 풍경이 된다.

그러니 우리 함께 걷자. 아직 끝나지 않은 이 길을 천천히, 그리고 단단하게. 이 길 끝에 어떤 풍경이 기다리고 있을지는 알 수 없지만, 그저 묵묵히 한 걸음씩. 같은 어둠 속에서도 서로 다른 희망으로.

흘러가는 것들을
사랑하는 마음으로

한 계절이 지나가면 또 다른 계절이 찾아오고, 사람들은 언제나 그 변화를 자연스럽게 받아들인다. 선선한 바람이 불어오면 거리의 사람들은 한결 가벼운 옷차림을 하고, 쌀쌀한 바람이 스며들면 옷장 깊숙이 넣어 두었던 옷들을 꺼낸다. 그렇게 우리는 계절이 바뀌고 있음을 실감한다.

그럴 때면 시간이 이렇게나 빠르게 흐른다는 사실이 낯설게 느껴진다. 매 순간을 살아가면서도, 그 순간이 마치 영원할 것만 같을 때가 있다. 하지만 계절이 그러하듯 우리의 시간도 멈추지 않고 흐른다.

무엇이든 지나고 나면 아쉬움이 남는다. 계절이 저물면 지난 시간을 그리워하고 한 시절이 끝나면 그때의 순간들을 떠올린다. 그 속에는 미처 해내지 못한 일들과 끝내 닿지 못한 바람들이 남아 있다. 흘러가는 세월을 붙잡지 못하는 것이 안타까워 나의 하루를 자책하기도 했다.

새로운 계절이 찾아올 때면 희망을 품어 볼 법도 한데, 이상하게도 시작과 끝에 대한 두려움이 늘 따라왔다. 이 계절이 지나면 나는 어떤 모습이 되어 있을까. 다음 계절에도 나는 지금처럼 살아갈 수 있을까.

그런 마음으로 가득 차 있던 어느 날, 우연히 나무 아래 그늘 정자에 앉아 쉬고 있는 한 여자를 보았다. 은은한 햇살이 비추고 선선한 바람이 스쳐 지나가던 순간, 그녀는 아무런 말 없이 하늘을 올려다보며 가만히 앉아 있었다. 그 순간을 있는 그대로 느끼는 듯한 모습. 아무것도 하지 않아도 괜찮다는 듯한 태도. 그 모습을 보며 나는 내가 미처 깨닫지 못했던 것들을 배웠다.

우리는 매 순간을 살아가면서도 언제나 불안을 안고 산다. 속절없이 흐르는 시간 속에서 아쉬움을 찾고 다가올 날들에 막연한 두려움을 품는다. 정작 중요한 것은 흘러가는 시간 속에서 내가 얼마나 온전히 그 순간을 살아 내느냐다.

지나가는 시간은 여전히 아쉽겠지만, 그 과정에서 온 마음을 다하고 내가 할 수 있는 것들에 마음을 쏟는 일. 그것이 내가 오늘을 마주하는 방법이 아닐까.

매일이 소중하지만, 오늘보다 더 소중한 날은 없다. 그래서 지금 이 순간 내 곁에 머무는 것들을 다정한 시선으로 바라보고 조금 더 사랑해 보고 싶다. 언젠가 이 계절이 스러지더라도, 그때 나는 후회 없이 이 순간을 살았다고 말할 수 있기를 바라면서.

새벽의 마음은 종종
기억나지 않아도

종일 마음에 품었던 것들이 저녁 무렵이면 어김없이 스며듭니다. 하루의 자국은 눈에 보이지 않지만, 분명 어딘가에 남아 있다는 걸 알 수 있습니다. 쉽게 씻기지 않는 마음도 있고 스르륵 희미해지는 감정도 있습니다. 날이 밝으면 그 자국들은 하나둘 옅어지지만, 깊이 밴 것들은 오래도록 머뭅니다.

나는 오늘도 새벽 무렵이 되어서야 하루의 먼지를 털어냅니다. 세월의 주름을 더듬듯 내 안에 쌓인 마음의 흔적들을 하나씩 꺼내어 봅니다. 마치 벽지 뒤에 숨겨진 오래된 낙서처럼 그 감정들은 좀처럼 지워지지 않습니다. 그렇다고 꼭 모두 지워야만 하는 것도 아니겠지요. 어떤 것들은 남겨 두어야 더 따뜻해집니다.

어렸을 때부터 일기를 써 왔습니다. 특별한 일상을 살아서가 아니라 아주 평범한 날들조차 놓치고 싶지 않았기 때문입니다. 나에게 일기는 삶을 단정하게 접는 방식이었습니다. 고단한 하루를 지나온 손끝으로 펜을 쥐고 마음을 천천히 따라가다 보면, 그제야 오늘이 어떤 얼굴을 하고 있었는지 조금씩 드러나곤 했습니다.

요즘은 해야 할 일도 많고 아직 정돈되지 못한 생각도 쌓여 있기에 늘 새벽이 가까워질 즈음에서야 펜을 듭니다. 여전히 서툴고 어색한 날도 있지만, 자주 마주하다 보니 이 새벽의 공기가 괜히 반가워질 때도 있습니다. 어쩌면 새벽에 쓰인 일기들이 하루보다 더 짙은 잔상을 품고 있기 때문일지도 모르겠습니다.

나는 지금도 손으로 쓰는 일이 좋습니다. 손끝의 온도가 마음의 속도와 비슷해서일까요. 일기를 쓰기 전에는 꼭 얼굴을 씻고 하루의 먼지를 털어 낸 뒤 잔잔한 음악을 틀어 두고 나만의 작은 의식처럼 오늘을 기록합니다. 그러고 나면 마음이 한결 가벼워집니다. 말로는 풀 수 없던 것들이 글이 되면서 차츰차츰 흘러나오고, 다 풀어내지 못하더라도 스스로를 다독일 만큼은 됩니다.

그래서인지 새벽에 쓴 일기들은 시간이 지나면 내용이 잘 기억나지 않습니다. 다만 그때의 감정만은 어딘가에 남아 있다가 문득 떠오르면 서늘한 바람처럼 곁을 스쳐 갑니다.

나는 그렇게 지냅니다. 누군가에겐 특별하게 여겨지지도 또렷하게 기억되지 않을 수도 있겠지요. 그래도 괜찮다고 말합니다. 꼭 세상에 커다란 장면으로 남지 않더라도 한 사람의 마음속에 오래도록 잔잔히 머물 수 있다면, 그 사실만으로도 마음이 놓입니다.

기록은 잊히기 위해 남기는 것이 아니라 언젠가 누군가의 마음에 닿기를 바라며 머물게 두는 일입니다. 그러니 이 문장을 누군가 읽는 순간, 우리는 비록 만나지 않았어도 어딘가에서 서로의 안부를 나누고 있는지도 모르겠습니다.

나는 그렇게 마음의 조각들을 하나둘 주워 모으며 살아온 하루들을 쌓아 두고 있습니다. 만나지 못하는 날이 오더라도, 누군가 내 글을 통해 나를 떠올릴 수 있다면 나는 영영 잊히는 사람은 아니겠지요. 기억되지 않는다는 건

슬픈 일이지만, 그보다 더 슬픈 것은 단 한 번도 기억되고
자 애써 보지 않았던 마음일지도 모릅니다.

　오늘도 이 고요한 새벽에 나를 조금씩 적어 내려갑니다.
누군가에게 닿지 않더라도, 나에게만큼은 끝내 남아 있을
문장을 위해.

살아온 날들이 당신 편이에요

1판 1쇄 발행 2026년 03월 23일
1판 2쇄 발행 2026년 04월 06일

지 은 이 하승완

발 행 인 정영욱 정해나
편 집 총 괄 오휘명
기 획 편 집 박주선
디 자 인 이정아
마 케 팅 정지은 원희성 함유진 김형준 박설빈
출 판 영 업 강도원

펴 낸 곳 (주)부크럼
전 화 070-5138-9971~3(도서기획제작팀)
홈 페 이 지 www.bookrum.co.kr
이 메 일 editor@bookrum.co.kr
인스타그램 @bookrum.official
블 로 그 blog.naver.com/s2mfairy

ⓒ 하승완, 2026
ISBN 979-11-6214-567-8(03800)